CEREAL

主　　编　Rosa Park
创意总监　Rich Stapleton
文字编辑　Richard Aslan

中文版主编　王菲菲
策划编辑　郝兰
责任编辑　郝兰
营销编辑　刘天怡
新媒体编辑　刘天怡

译　　者　张瑾
装帧设计　申亚申
封面摄影　Rich Stapleton

图书在版编目（CIP）数据

谷物 . 12, 只想把美好的东西收藏起来 / 英国 Cereal 编辑部编著 ; 张瑾译 . -- 北京 : 中信出版社 , 2019.12（2025.10重印）
书名原文：Cereal 16
ISBN 978-7-5217-1204-9

Ⅰ . ①谷… Ⅱ . ①英… ②张… Ⅲ . ①游记 - 作品集 - 英国 - 现代 Ⅳ . ① I561.65

中国版本图书馆 CIP 数据核字（2019）第 238561 号

谷物 .12，只想把美好的东西收藏起来

编　　著：英国 Cereal 编辑部
译　　者：张瑾
出版发行：中信出版集团股份有限公司
（北京市朝阳区东三环北路 27 号嘉铭中心　邮编　100020）
承 印 者：北京利丰雅高长城印刷有限公司

开　　本：889mm × 1194mm　1/16　　印　　张：9.25　　字　　数：150 千字
版　　次：2019 年 12 月第 1 版　　印　　次：2025 年 10月第 12 次印刷
书　　号：ISBN 978-7-5217-1204-9
定　　价：68.00 元

序

关于收藏

几个星期前，我和爱人（Rich）搬进了新家。新公寓距旧公寓只有10分钟左右的脚程，感觉上却像是一场“大迁徙”。我们有段时间没搬过家了。每次搬家时，我都会对家里的物品进行重新审视和评估。搬家不仅仅是一个打包的过程（看看堆着多少塑料泡沫包装），还测试我对每件东西的喜爱程度（想不想舍弃）。

分类打包我所有的财产进入最后24小时了，结论显而易见，最需要取舍的是我的书。这并不令人意外，从少年时代开始痴迷R.L.斯坦的《恐惧街》（*Fear Street*）系列，我——吞世代*中的一员——就成了一个书籍囤积者，现在这个系列还整齐地摆在我的橡木书柜上。而这也证明了我（和爱人）的怀疑，那就是，我对书籍的依恋是非理性的。我就是没法儿扔掉书。我把平装书、咖啡桌书、学术书和珍贵的精装书全部堆放在客厅地板上，它们变成几座摇摇欲坠的书塔。爱人看着我，脸上露出担忧的表情。“Rosa，”他终于开口道，“你得扔掉一些书。”他拿起格雷厄姆·艾伦的《互文性》（*Intertextuality*）。“你还会再读这书吗？”我本能地抢回来，“我会再读一遍的，不信你看着。”我把它藏在一堆漂亮的食谱书后面。其实我心里清楚，他是对的。就算我再次拿起它，也坚持不了多久就会放弃。但这不是重点。重点是，我想留着它。几年前我花了很多时间读这本书，粘在书页上、霓虹一般闪耀的便条纸们从侧面伸出来，是我读研究生时疯狂写论文的纪念。

我献给书本的时间远远超过献给其他任何东西的。最近有人跟我说，时间等于爱情。如果这是真的，那我真的很爱书。直到现在，我都不愿意将买书的行为描述为“收藏”，因为这个词通常用在那些有明确意图和清晰计划的人身上。长期以来我都认为自己更像是一个冲动型消费者。我买书的行为非常偶然，没有明显的模式。每次离开家，不管是在旅行，还是在去办公室的路上，或者是周末散步，我都会以某种方式摸进书店，出来的时候拎着一袋子书。我知道，去图书馆并不难，但我已经意识到，我想拥有我读过的书。我希望在谈论它时能随手从书架上抽出来，在书页上涂写笔记，重温特定的段落，借给朋友，或者只是将它摆在家里桌子上。编辑制作这本《谷物》时，我了解到，收藏无处不在，有许多种“伪装”，很多不同类型的人正在实践它，“收藏”这个词不再让人感觉有负担。我现在可以高高兴兴地承认自己是一个书籍收藏者了。

——**Rosa Park**

* 吞世代，tweens，指生于20世纪90年代前后具有消费能力的少年。

目 录

Alice Cavanagh, 撰稿人，巴黎
The Female Persuasion: A Novel — Meg Wolitzer
Feel Free: Essays — Zadie Smith

Ash James, 销售 & 数字经理
Braving the Wilderness — Brene Brown

Benjamin Madgwick, 摄影师
The Invention of Nature: The Adventures of Alexander von Humboldt, the Lost Hero of Science — Andrea Wulf

Cerruti Draime, 摄影团队
Think On These Things — Jiddu Krishnamurti
Half Asleep in Frog Pajamas — Tom Robbins

Elizabeth Metcalfe, 作家
Heatwave — Penelope Lively
A Time in Rome — Elizabeth Bowen

Frederik Vercruysse, 摄影师
Sapiens: A Brief History of Humankind — Yuval Noah Harari

Hugo Macdonald, 作家
Modern Nature — Derek Jarman

Jake Curtis, 摄影师
The Descent of Man — Grayson Perry

Justin Chung, 摄影师
Let My People Go Surfing: The Education of a Reluctant Businessman — Yvon Chouinard

Jenny Bahn, 作家
How to Write an Autobiographical Novel: Essays — Alexander Chee
Self-Help — Lorrie Moore
My Year of Rest and Relaxation — Ottessa Moshfegh

Jonathan Gregson, 摄影师
The Count of Monte Cristo — Alexandre Dumas

Laura Fowler, 作家
The Wallcreeper — Nell Zink
Lying Under the Apple Tree — Alice Munro
Hot Milk — Deborah Levy

Linus Morales, 摄影师
A Drop of Midnight — Jason 'Timbuktu' Diakité

Lucy Brook, 作家
Less — Andrew Sean Greer

Martien Mulder, 摄影师
Sputnik Sweetheart — Haruki Murakami

Matilda Bathurst, 作家
The Over-Soul — Ralph Waldo Emerson
Noah's Ark: Essays on Architecture — Hubert Damisch, Anthony Vidler, and Julie Rose

Matthew Johnson, 撰稿人，纽约
In the Distance — Hernan Diaz

Rich Stapleton, 创意总监
The Hare With Amber Eyes: A Hidden Inheritance — Edmund de Waal

Richard Aslan, 特约撰稿 & 助理编辑
In the Darkroom — Susan Faludi

Rory Gardiner, 摄影师
The Complete Essays 1973–1991 — Luigi Ghirri
The Communist Manifesto — Karl Marx and Friedrich Engels

Rosa Park, 主编
Outline — Rachel Cusk

Ruth Ainsworth, 销售 & 协理编辑
Finders Keepers: Selected Prose 1971–2001 — Seamus Heaney

Sean Hotchkiss, 作家
Peace Is Every Step: The Path of Mindfulness in Everyday Life — Thich Nhat Hanh
Demian: The Story of Emil Sinclair's Youth — Hermann Hesse

Seb Emina, 作家
The Heart is a Lonely Hunter — Carson McCullers

Sheila Lam, 撰稿人，温哥华
Keep the River on Your Right — Tobias Schneebaum

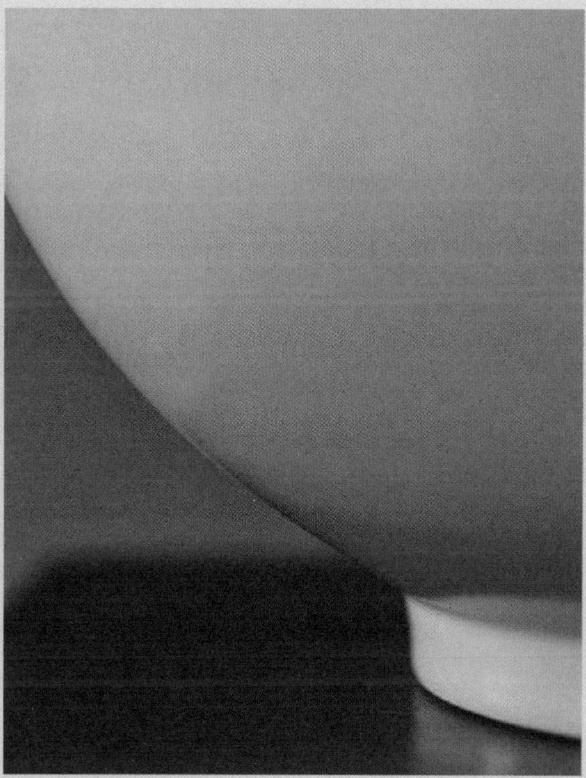

《谷物》正在

穿

Pied à terre 的威尼斯鞋

看

艺术家 Romy Northover 的短片

readcereal.com/film

用

Livrest 的书立

上午

蛋形花瓶

Milk + Clay

摄影：Ash James

三组
收藏

克里斯蒂·费尔斯，
索菲·皮尔斯，
伊莎贝尔·埃泰德吉

文字
Libby Borton

摄影
Jake Curtis

艺术指导
Nathalie Schwer

本书中，我们邀请了三位我们欣赏的女性，展示她们的个人收藏。受形状、质地以及偶尔的童心稚趣所吸引，克里斯蒂·费尔斯（Christie Fels）、索菲·皮尔斯（Sophie Pearce）和伊莎贝尔·埃泰德吉（Isabel Ettedgui），向我们证明了美丽有趣的事物永远令人心情愉悦。

克里斯蒂·费尔斯，来自时尚买手店Blue Mountain School
索菲·皮尔斯，来自设计精品店Béton Brut
伊莎贝尔·埃泰德吉，来自高级皮革品牌Connolly

克里斯蒂·费尔斯：篮子

我第一次被篮子打动，是在南非施韦策尔雷内克祖父母的农场，我小时候经常去那儿。那个篮子编织紧密，滴水不漏，被用来存放新鲜牛奶，比陶器还好用。在南非，传统上篮子一般是由家庭里的外婆或奶奶、女儿和孙女编织的。

这种艺术至今仍为女性所传承，不仅仅是为了实用功能，还为了讲述梦想、生存和牺牲的故事。尽管我对篮子的象征意义很感兴趣，但我的收藏更是个人旅程的记录，从法国东南部的拉马蒂埃勒到加泰隆尼亚的卡达克斯，再到马略卡岛的巴尔德莫萨。现在我更喜欢有结实的皮革提手的大肚篮子，我用它们送货、装鲜花或盛沙滩装备。有些篮子里还留有制造它们的地方的尘土。

索菲·皮尔斯：家具

我的藏品主要是20世纪建筑师设计的家具。比较奇特的是，刚开始收藏时，这并不是我的重点。真正吸引我的，是它们共有的那种雕刻般的质地。我在收藏和极简主义之间摇摆不定，这使得Béton Brut看起来像一个临时博物馆，藏品来来去去，不太稳定。其中我唯一不能割舍的是一对橡木椅。这对椅子是荷兰建筑师赫里特·里特韦尔（Gerrit Rietveld）为海牙珠宝商施特尔特曼（Steltman）设计的，是他晚期的作品之一。他的设计留有可自由发挥的余地，让这对特别的椅子的制造者在安装铭牌时大费脑筋。这是个很可爱的细节。正是这些细节体现了这一原则：工匠也能成为艺术家，每个人都应该从好的设计中受益。

伊莎贝尔·埃泰德吉：石英

我在肯尼亚出生，在整个非洲长大，马拉维、博茨瓦纳、尼日利亚、莱索托……这些地方我都住过。小时候，我喜欢四处冒险，收集粉晶和虎眼石。我觉得它们就像钻石一样美丽。石英迷人、坚固，是地球的一部分，它以一种特殊的方式将光引入其中，点亮自己。我刚从巴黎的古董商那里买了新藏品——两台让-米歇尔·弗兰克（Jean-Michel Frank）设计的茶灯。几年前，我还从古董市场买到了一件漂亮的石英鱼，我把它藏在店里不起眼的地方，经常换地方，潜意识里不想让人看到，但最终还是有人发现并买走它了。这感觉有点儿像失去一个朋友。收藏家的标志特征是永远都在寻找人们生命中缺失的部分。我认识到，大多数收藏家收集东西是为了感受完整。

two

2

对话

皮埃尔·尤万诺维奇，
丹尼尔·布伦

文字

Alice Cavanagh

摄影

Frederik Vercruysse

法国概念艺术家丹尼尔·布伦（Daniel Buren）的作品在过去50多年间装点了世界各地的城市和画廊，包括巴黎皇家宫殿和LVMH基金会。通过运用图形，尤其是条纹、网格以及大胆的色彩，他的作品既挑战又改善了周围环境。法国室内设计师皮埃尔·尤万诺维奇（Pierre Yovanovitch）同样关注并擅长色彩和形式的运用，他的艺术视觉具有当代的优雅，使他成为公认的终极唯美主义者。现在，这两位艺术家坐在一起，与我们谈论他们的创作过程、作品，以及收藏家的苦与乐。

你们怎么认识的？

皮埃尔：我第一次见到丹尼尔是在巴黎的一座大房子里，当时我正在工作。我有个设想，在楼梯间装一个又高又窄的窗户。从建筑的角度来看，我想用一些更传统的材料，比如彩色玻璃，但是客户担心彩色玻璃会显得太宗教化或过时。思量再三，我给他们看了丹尼尔的一个项目——斯特拉斯堡现当代艺术博物馆一个临时展览的部分展出，其色彩、阴影和光的相互作用，令人印象深刻。等客户看完，我说："让我们忘掉彩色玻璃的想法，叫丹尼尔·布伦来吧。他能想出好主意。"

丹尼尔，见到皮埃尔之前你知道他的作品吗？

丹尼尔：不知道。我们第一次见面时我才知道了他的工作，而且真的喜欢我所看到的。但即便到今天，我也没有亲眼见过他多少作品，主要就是在杂志上看过一些照片。

实际工作中你们两个是如何合作的？

皮埃尔：和丹尼尔这样伟大的艺术家合作时，你就别想控制一切。你要顺其自然，告诉自己：这是我们想出来的，但现在由丹尼尔采用并付诸实践。当然，我们一起进行头脑风暴，但最终，这个作品要体现他的灵魂。这是他的主场。

你的作品对时间和空间都有特定的要求，会不会担心它们不能持久？

丹尼尔：对我来说，时间感和空间感是作品的关键。50年前，就是这样的想法让我开始了创作。我是做场域特定艺术的，从一开始就明白它们十有八九不会一直存在。它们不能运输，最终通常被销毁。这在很多方面不同于传统艺术，但这正是我喜欢的。如果一件作品不能留存，如果顾客决定搬家或厌倦了它，我不会觉得不安。如果你画了一幅画，把它挂在地下室里，那也没什么不对。当你真正生活在作品中时，你或者习惯它，或者摧毁它。

皮埃尔：我的工作形式是要按照客户的订单来创作。如果要建造一座房子，那必须要坚固耐用才行。但画家不一样，他们的作品要用市场价值来衡量。而场域特定艺术跟以上两件事都不同。不管我的作品是永久性的还是昙花一现，它们都没有市场价值。这很重要，也很有吸引力。我的作品要与周围建筑融为一体，成为其中的一部分，为环境添彩，存在很长一段时间。而这些作品的收藏家就像赞助商，不是为投机而投资，而是因为对艺术充满热情。不幸的是，现在有很多收藏家更像商人，他们只把艺术看作是一种投资。真正的收藏是为了美，这也是我喜欢永久性作品的原因。

你们两个有收藏的爱好吗？

丹尼尔：我收藏了一些非常好的作品，很多是和艺术家朋友交换来的。但我不是收藏家。从小时候起，我就不愿意成为收藏家。因为我知道，只要一开始收藏，就停不下来了。这有点儿像抽烟，我不抽烟，因为知道自己一旦开始就永远戒不掉。16岁时我就明白了这个道理。

皮埃尔：你有那么多艺术家朋友送作品给你，这会不会激发你继续收藏的欲望？

丹尼尔：不会。我认识很多收藏家，其中一些是真正痴迷收藏。真正的收藏家永远停不下来，一旦停下来就疯了。他们看到的艺术品越多，就越渴望得到下一件。

皮埃尔：我同意。我的问题也一样！不过，我的那些顾客比我有钱得多。他们看到自己喜欢的作品，会不惜一切得到它。我和他们去过世界各地的大型当代艺术展，如巴塞尔、迈阿密的，你必须在短短几分钟内决定是否买下一幅非常昂贵的画，这真令人难以置信。虽然我也收集一些古典家具和艺术作品，大多是年轻艺术家的，但我完全同意丹尼尔的观点：一旦开始收藏，人们总是希望得到更好的作品，提升收藏的品质。这会成为一种瘾。

丹尼尔：收集什么并不重要，哪怕是奶酪盒！最后都一样。我并不是说所有的收藏家都神经质，但收藏家一般都很容易沉迷，包括收集特别普通的物品，或者寻找不知名的艺术家。最吸引人的是它永无止境。收集奶酪盒的人，也总会找到一个他还没有的盒子。

客户对你们的作品介入多少？

皮埃尔：他们会告诉我他们想要什么。不管是房子还是办公室，是在建还是在装修，总有一些限制条件。而像丹尼尔这样的艺术家就有更多的自由。除了场域特定艺术的项目，他不需要按订单创作，有完全的自由做他想做的事。

丹尼尔：没错。我喜欢有一些约束，但我的约束可能与建筑设计师的非常不同。建筑设计师必须处理与建筑相关的限制……

皮埃尔：而场域特定艺术项目，即使是丹尼尔的作品，也必须被限制在一个特定的空间里！

丹尼尔：当你的项目要建在某人的家里时，那是一种双重约束。你不能对客户说："我是艺术家，想怎么样就怎么样，不管你喜欢不喜欢，价格都一样。"倾听客户的意见是明智的，有什么要说的，那就让他说出来。有时客户根本不给任何指示，我不太喜欢他们说："我真的很喜欢你的工作，想怎么弄就怎么弄吧。"遇到这种情况时，我会问客户一些问题，比如"你最喜欢哪个房间"，或者"你有没有特别喜欢我的哪个作品，以便我可以有个参考"，这样我就有了方向或规则。如果没有这些，事情会变得非常复杂，因为有太多的可能性。

皮埃尔：我尽量有技巧些，给客户很多引导。

丹尼尔：我喜欢客户有特别的要求。挑颜色的时候，我尽量不用相同的系列，不让自己的品味影响到客户。如果有人提建议，我认为可行，就会用一些平时不会用的颜色，那是拓展自己的机会。要保持开放的态度，经常问问题，因为有些人莫名讨厌某些颜色。你必须记住，这是他们生活的地方。如果他们说"什么颜色都行，就不要绿色"，那一定要当回事！你不能让他们生活在他们不喜欢的客厅或浴室里。有的客户会事无巨细，要求这里要蓝色，那里要黄色，那里要绿色。当一个装修工，客户说什么就是什么，这没什么不好，但那不是我。当这种情况发生时，可能会有冲突，我不一定会同意客户的每一个意见。我得告诉他："对不起，我不能这样做。"这很微妙！

皮埃尔：你说得对！不管做什么项目，这都是一个挑战。就像你不是装修工一样，我不是总承包商。我想做有趣的项目，这里面有一种平衡，你需要一种仁慈的权威。

pierreyovanovitch.com | danielburen.com

我只是在看，我说
在阿拉丁的洞穴里
所有的损坏都要付出代价
她告诉我
看但不触摸

等，直到眼睛习惯
手，戴着白手套
排队，耐心地
光滑的形状，弯曲着
我依然不能停止
看

散文与诗

收藏家的手

文字
Richard Aslan

酒店

沃拉

目的地

圣托里尼，希腊

创始人

雅尼斯·贝隆尼亚

“我想在火山口的悬崖上找一块地，俯瞰火山和圣托里尼著名的日落。我实现了这个想法，用混合了极简的网状设计和柔和的米灰色调，表达出岛的永恒。”

雅尼斯·贝隆尼亚（Yannis Bellonias）大胆好客的理念，是沃拉（Vora）酒店的出发点，它完美地捕捉到了圣托里尼岛独特的美和精神内涵。

在“设计酒店”（Design Hotels）这个栏目里，我们相信创意表达的力量。这里的295+（295-plus）家独立酒店都经过精心挑选，高端先进，展现了有远见和高水准的设计。

three

3

永恒
空间

唐纳德 · 贾德
在马尔法

文字

Matilda Bathurst

摄影

Justin Chung

3

永恒空间

唐纳德·贾德

在马尔法

“人们通常认为我父亲是位艺术家，但他其实也是位建筑师。他这两方面的创作可以看作一个整体，都是关于人与空间的关系，关于我们如何看事物、从哪个角度看。”从哪个角度看这个问题关乎政治、道德和个人观点，但归根结底要回到我们脚下的土地这个基本事实。现在，我和赖娜·贾德（Rainer Judd）站在得克萨斯州西部的马尔法市，贾德基金会的水泥地上。脚下，是奇瓦瓦沙漠；四周，是广阔的空间。

“空间”是20世纪70年代初唐纳德·贾德从纽约搬到马尔法时发现的。“空间”，悬于得克萨斯小镇宽阔的街道间，那里有商店和婚礼蛋糕大厦。“空间”，从沙漠的灌木丛上滚过，轻拂过蔚蓝的天际。

赖娜说：“他来这里是因为他希望自己的作品能按原意安装。他觉得纽约或其他地方的画廊和机构，没有足够重视艺术品与周围空间的关系；他希望他的作品能在符合他的比例感的建筑物中永久展示。作为贾德基金会的托管人，我哥哥弗莱文（Flavin）和我的责任是保存这些作品及展示它们的建筑。”

唐纳德·贾德1994年去世，彼时的赖娜年仅23岁，自此她将自己的一部分时间致力于与哥哥和其他人合作，管理父亲的遗产和基金会的运作，包括纽约的春天街101号和马尔法的21栋建筑。目前，还在修复建筑事务所的早期阶段，这是基金会的长期项目之一。赖娜在东海岸和西得克萨斯之间不停穿梭，将贾德基金会的工作与自己的创作严格区分开。在这里，她不再是一个导演，而是一个管家，负责检查漆面的瑕疵，搬运土坯。

“唐与大多数建筑师不一样，他是从工程师起家的，觉得没必要考建筑师执照。所以你会在他办公室所在的银行大楼门上看到‘克拉伦斯·贾德建筑设计事务所’这样的标牌。克拉伦斯（Clarence）——唐的祖父——也没有建筑师执照，他是一个木匠，造木屋的。”赖娜停顿了一下，看着基金会办公室巨大的空间，这里以前是镇上的邮件分拣室。“唐从来没有从头到尾盖过一座房子，他总是和当地人一起，因地制宜地完成项目。”

+6
+5
C-D
6-7
+4
F-G
13-14
+2/+3
L-M
19-20
+1

Donald Judd
COLOR PLYWOOD PAINTED ALUMINUM

THE
GLASCOCK BUILDING

这种“因地制宜”（making-do）并不是勉强接受，而是物尽其用。贾德看到了先前存在的建筑中的潜力：他的锻造铝板作品陈列在旧炮火库里，他把家建在旧军用飞机库里，他还曾将杂货铺、有华丽的门廊和墙上画满牛的银行大楼当作工作室。

贾德没有大动干戈地改变原来的建筑，而是进行微妙的干预，开发出每座建筑所包含的空间。赖娜说：“唐是在大萧条时期长大的。他出生在密苏里州祖母的农场，夏天基本上都在那里度过。节约、劳动和不浪费的重要性是他一生坚持的价值观。有人花时间，不惧晴天、雨天和暴风雪，砌了那堵砖墙，我们就要尽量用得上它，因地制宜。”

走进“基昂帝之家”（La Mansana de Chinati）的庭院，“因地制宜”的风格显而易见，这里也被称为“街区”（The Block），贾德和赖娜、弗莱文曾在这里生活。它位于铁路和饲料厂之间一条尘土飞扬的街上，以前是军用飞机库，很不起眼。但这栋建筑的比例非常特殊，令人感觉呼之欲出，一触即发。院子右边是贾德图书馆，藏书超过13000本；左边是贾德创作、睡觉和吃饭的地方。水池里的水非常沉静，给人一种饮水槽或坟墓的感觉。

“街区”是一个未完成的项目。多年来，贾德逐渐介入，调整楼宇之间的对称性，建了一道内墙以阻挡视线。我说，不是每个人都能在一栋军用建筑里看到潜力，赖娜却不同意。“我不想夸唐多么天才。看到一座好建筑，我们都知道它很美。而唐可以在平凡中看到伟大。我们年轻时在欧洲待了很久，他带我们去罗马，几乎每天都去万神殿。我们也曾在密苏里州的小城镇里开车转悠，看旧谷仓和五金店。他让我们明白了，法国南部的大教堂与美国中西部的谷仓在平衡性和比例上没有多大区别。”

贾德在马尔法设计的建筑感觉像座“特别物品”博物馆，在时空中冻结的个人纪念碑。“但美术馆和博物馆太冷了，”赖娜说，“我们所创造和居住的空间是温馨的。我一个人去‘街区’的时候，它那么明亮温暖。父亲为我种了一排李子树，它们正开着花。这儿总有花，有孩子，有动物。至少有一条狗，有时三条。有一阵子还有头猪和数不清的猫。这地方有一种奢侈的节奏，一点儿都不严苛、不紧绷。当然，得克萨斯的阳光本来就是一种奢侈。”

我问她参观者们有什么反馈。“人们经常问我‘展厅在哪里’，我总是说‘到处都是啊’。所有的生活和工作空间，图书馆、庭院、工作室都是。夏天，窗户总是开着，厨房里有微风吹过。冬天，是的，天气很冷，但是晚饭后我们会坐在火炉旁，那是我的提问时间。‘为什么盐（salt）这个词在英语里如此乏味，到了意大利语中就变得如此美丽（sale）？’这个问题悬而未决，至今没有答案。唐从和我们谈话中得到了很多灵感。他特别喜欢孩子的思想，里面包含了太多的逻辑和好奇心。”

奢侈和逻辑：这两个词碰撞融合，形成新的语义。突然明白了为什么贾德的审美观里没有极简主义。“唐不喜欢被称为极简主义者，”赖娜说，“他通过比例、光线和颜色来塑造空间，增强空间感，怎么可能是极简主义者？是的，他的作品很有诗意，那些微妙的升华时刻又与现实世界须臾不离。他的作品生动、活泼、明晰、尖锐，他帮我们看到已经存在的东西。”

唐纳德·贾德1994年去世，彼时的赖娜年仅23岁，自此她将自己的一部分时间致力于与哥哥和其他人合作，管理父亲的遗产和基金会的运作，包括纽约的春天街101号和马尔法的21栋建筑，在得克萨斯和东海岸间来回穿梭。

在工作室的桌子上，有一堆整齐的文件，记录着没有实现的项目。在镇子外围，“基昂帝之家”的地基上，是贾德未完成的混凝土建筑。对贾德来说，这些未完成的项目表达了他的原则，这些原则在规划新的街区和城市时会被贯彻下去，强调比例、再利用、保存和对历史的关注。他在为“虚假社会”的虚伪和愚蠢寻求解药。当然，他指的是20世纪八九十年代的后现代主义，而不是现在流行的缩写词IRL（In Real Life，真实人生）。

赖娜说：“我们正处于‘快餐文化’的最后阶段。疯狂、放纵和浪费到了登峰造极的地步。”如果你读贾德的文章，会以为他对我们今天的生活方式感到失望。但他也懂得福祸相依的道理，两者是一个整体。“他在马尔法创造的空间给人们提供了一个喘息的机会。在这里，你可以哭也可以笑，哭和笑是一回事。唐是一个很‘人性’的人，他快乐、幽默，也有深深的悲伤。”她站起来，言尽于此。

“所有的艺术创作都是对我们无法理解的失去所做出的反应。有些事情发生了，有些事情永远无法理解。随着时间的推移，你总会从这些失去里创造出些东西来。”

juddfoundation.org

JUDD

four

4

摩洛哥的
温暖

与KO工作室的
卡尔·福涅尔和奥利维尔·马蒂
交谈

文字
Alice Cavanagh

摄影
Martien Mulder

自2000年成立以来，巴黎建筑师卡尔·福涅尔（Karl Fournier）和奥利维尔·马蒂（Olivier Marty）的KO工作室已经在欧洲和摩洛哥设计了数量可观的私人别墅和公寓。每个项目的形式和风格都很有特色，既不是统一的个人风格，又有很强的辨识度。它们的共同点，首先就是都用混凝土，线条纯粹，与周围的景观和谐平衡，视觉聚焦窗外的景色。其次，室内装饰简洁、不时髦，利用传统工艺和旧材料营造出一种乡野的温暖感，整体效果现代感十足，又永不过时。“我们的设计目标是要经得起时间，这是我们设计的核心。”福涅尔坐在皮桌子后面，这里是他的巴黎工作室，他的工作和生活伴侣马蒂也在这里。

除了一些著名的商业项目，KO工作室的大部分建筑作品至今没有受到公众关注。其实伊夫·圣罗兰的联合创始人皮埃尔·贝格、爱马仕家族成员和导演弗朗西斯·科波拉等人一直都很欣赏他们的才能，但直到去年整个行业才开始关注福涅尔和马蒂的作品。他们的第一个公共项目——马拉喀什的伊夫·圣罗兰博物馆，是2017年最杰出的作品之一，并为他们赢得了职业生涯中第一个大奖——2018AFEX法国建筑大奖，这个奖专门颁给法籍建筑师在本国以外工作的作品。对福涅尔和马蒂来说，这个博物馆改变了公众对他们的看法。“以前，我们经常被看作室内设计师，而不是建筑师，其实我们的角色介于二者之间。”福涅尔说。

福涅尔和马蒂在巴黎马拉盖高等建筑学院学习时相识，彼时福涅尔有志成为一名演员，而马蒂钟情于绘画。马蒂说：“有一天我爷爷对我说：你擅长数学，喜欢画画，应该做建筑师。在此之前，我想成为一名外交官。这是个馊主意，因为我根本不擅长外交。”他们俩特别合得来，从大学时代起就一直合作，“我们从来没想过有一天会不再合作。”他们对项目投入的精力是相等的，一般来说，马蒂画草图，福涅尔进行更抽象的概念探索。

福涅尔说：“有时候是我先有概念，然后我们再开始，有时候概念来自我的梦境。不管是什么想法和感受，我都会告诉奥利维尔，然后我们一起集思广益。”

圣罗兰博物馆外观的黏土纺织图案是整座建筑物对“时尚”的唯一表现。博物馆是座宏伟的建筑，4000平方米，几乎没有窗户，结构粗犷，使用陶土砖，看起来像编织面料一样巧妙。里面是光滑的水磨石地板，单色的斑驳的玻璃窗，镶有复杂镶板的橡木礼堂。然后是中庭，铺着琉璃绿松石瓷砖，这亮色堪比圣罗兰珠宝色系列中的任何一款礼服。整个设计是对这位时装设计师和摩洛哥这座充满活力的国家的致敬，摩洛哥正是圣罗兰创造力的源泉。“皮埃尔·贝格告诉我们，他希望这座建筑是现代的，但也要有摩洛哥风情，所以它不可能建在摩洛哥以外的任何地方。”遗憾的是，虽然看到了项目完成，但贝格在正式开馆前去世了。

和圣罗兰一样，摩洛哥在福涅尔和马蒂的故事中也扮演了重要角色，马拉喀什是他们的第二故乡。摩洛哥的景观和建筑在他们的审美路上留下了印记。“这里建筑的矿石质地、不透明性和神秘性对我们大有启发。”福涅尔说。福涅尔和马蒂1996年来摩洛哥度假，深深地被这个国家所吸引，于2001年在这里建立了第二个工作室，并在索维拉设计了许多别墅和蓝调时光酒店。这些设计又为他们带来了奇尔特恩消防站（Chiltern Firehouse）项目和巴黎的酒店设计。马蒂说：“正是由于摩洛哥，我们才有机会从最开始设计一栋建筑。在巴黎，不知道要等多久才能得到这样的机会……也许根本就不可能。”

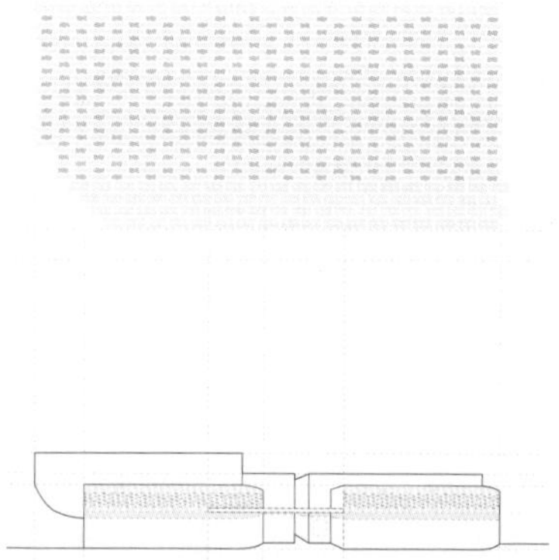

马拉喀什的伊夫·圣罗兰博物馆

赤陶砖外墙上几乎完全没有窗户，缎带纺织图案是整个设计中的唯一“时尚”元素。

five

5

艺术家
和收藏家

安东尼奥·卡尔代拉拉的
故事

文字

Elizabeth Metcalfe

摄影

Rich Stapleton

5

艺术家和收藏家

安东尼奥 · 卡尔代拉拉的故事

这些藏品中有56件是卡尔代拉拉自己的作品，剩余271件是他一生遇见的世界各地的艺术家们创作的作品。

不过，只有一小部分是他买来的，大部分藏品是通过和他欣赏的艺术家交换得来的。

对安东尼奥 · 卡尔代拉拉（Antonio Calderara，1903—1978）来说，艺术的本质关乎慷慨和爱。这位不知名的20世纪意大利艺术家和收藏家曾写道：“艺术是人们送给人类的礼物，是信仰、爱和放弃，是谦逊、度量和责任。”这些话听起来像是空洞的箴言，但你去奥尔塔湖东岸的瓦恰戈（Vacciago）小镇卡尔代拉拉的家看看，就会明白他已经把这些想法变成了现实。

这座17世纪的回廊式建筑里陈列着327件藏品。房子多少有些破旧，但仍称得上是一座宏伟的宫殿，高高耸立在湖岸边。藏品错落有致地分布在三个楼层，包括前卫的雕塑、油画和其他画作。不仅在房间里，大厅、走廊和阳台上，到处都陈列着藏品。这座房子很简洁：墙壁是白色的，地板是简单的瓷砖，起眼的家具只有几把奇怪的椅子和一架大钢琴。虽然简约，但很舒适，仿佛卡尔代拉拉和他的妻子卡尔梅拉（Carmela）随时都会回来。整座房子总体让人感觉是斯巴达风格，好像剑桥的吉姆 · 埃德和海伦 · 埃德的凯特尔之家（Kettle's Yard）的意大利版。

这些藏品中有56件是卡尔代拉拉自己的作品，剩余271件是他一生的收藏，来自欧洲、美国、日本和中国等。有些作品出自著名的现代主义大师，如约瑟夫 · 亚伯斯（Josef Albers）、汉斯 · 里希特（Hans Richter）和索尼娅 · 德劳内（Sonia Delaunay）之手，有些作品出自不知名的艺术家，包括玛丽亚 · 莫塔（Maria Motta）、安杰洛 · 阿罗西奥（Angelo Arosio）和切西 · 阿莫雷蒂（Cesi Amoretti）之手。卡尔代拉拉想为后代留下一座现代艺术宝库，并给自己的创作提供灵感。他的侄子，卡尔代拉拉基金会总裁朱塞佩 · 阿莱马尼（Giuseppe Alemani）解释道：“他把收藏视为一种教育手段。”基金会于1978年卡尔代拉拉去世后不久成立，致力于保护这座房子及其中的藏品。

卡尔代拉拉在22岁放弃工程学学位后，开始认真从事绘画创作。他自学成才，从意大利文艺复兴早期的画家皮耶罗 · 德拉 · 弗朗切斯卡到法国后印象派画家乔治 · 修拉，都对他有所影响。卡尔代拉拉早期的作品主要为静物、肖像和风景，米兰运河、奥尔塔湖和当地教堂都是他灵感的源泉。光线在他所有的绘画作品中都起着至关重要的作用：它如何落在水面上，如何照亮建筑物，如何表现人物面部……他曾经说过“我的画起源于我对光的需要”。

卡尔代拉拉的早期作品中虽然也有一些人物画，但还是可以明显看出他的大多数画作更抽象，以色块、线条和方格为特色。20世纪50年代，看过约瑟夫·亚伯斯、皮特·蒙德里安和艾格尼丝·马丁的作品后，卡尔代拉拉探索出更为简约的绘画技巧。毫无疑问，他在工程领域的短暂经历也使他对线条很有兴趣。“我终于为新冒险做好了准备，”他说，“画矩形、正方形、线条，并不是为了画几何图形，而是为了在有光线的空间中为人物做尺度的衡量。”这种极简又抽象的语言是他所有作品的线索。

卡尔代拉拉从1953年起住在这里，直到1971年才开始展出他的收藏。当时他心脏不好，无法画画。1976年，他完成了布展，给这次展览起了个很可爱的名字“安东尼奥·卡尔代拉拉和他的朋友们，以及一批当代艺术家的故事”。他没按时间顺序排列，而是根据意识形态和视觉关系将作品分组。卡尔代拉拉认为知识就该分享，因此，这所房子直至今天仍然对公众开放。他还规定里面的任何作品都不能转移或出售，因此迄今为止所有的藏品都跟当初的一模一样。

卡尔代拉拉收购艺术品的要求也很严格。大部分藏品是通过和他欣赏的艺术家交换得来的，只有一小部分是买来的。卡尔代拉拉的交换方式很系统。阿莱马尼说：“他会要求艺术家们提供特定种类的作品，用来补充和加强他的收藏。”例如，1971年他写信给意大利艺术家维尔吉利奥·圭迪（Virgilio Guidi）：“我想收藏一幅你著名的三色空间海景画，那么一幅小画，却能让人屏住呼吸……我会送你一幅我的画作为交换。”卡尔代拉拉明确表示对小幅画作的偏好，并不稀奇。这一定程度上是因为房子的局限性，也反映了他品味的变化。1942年，卡尔代拉拉有意识地缩小了自己画作的尺寸。

藏品错落有致地分布在三个楼层，遍布房间、走廊和阳台，包括前卫的雕塑、油画和其他画作。

卡尔代拉拉对艺术品背后的故事特别感兴趣，经常要求艺术家们提供简短的说明，解释一件特定作品创作的想法。瑞士艺术家克里斯蒂安·梅格特（Christian Megert）是雕塑《佩尔·卡尔代拉拉》（*Per Calderara*）的作者，该作品于1966年完成，使用木材和镜面玻璃作为原料，在被问及作品的含义时，他写道："我们的使命是向新愿景和新思维敞开心扉。"这些话同样可以用来概括卡尔代拉拉的收藏。面对如此丰富的藏品，人们可能很容易忽略卡尔代拉拉自己的作品，但正如《安东尼奥·卡尔代拉拉 1903—1978》（由卡尔代拉拉基金会出版）的作者所说，卡尔代拉拉的收藏已经成为他最后的也是最重要的艺术品。

fondazionecalderara.it

散文

收藏

文字
Richard Aslan

昨天是我母亲70岁生日会，现在一楼客厅里还飘着半瘪的氦气球，早餐是生日蛋糕配浓咖啡。天井的推拉门外面，沉睡的冬日花园里雨淅淅沥沥地下着，打在隐没在灰色薄雾中的铁轨上。我打开楼梯下面橱柜的门，看着里面。该收拾收拾了。

搬开一堆金属丝、用过的包装纸和叠起来的褪色垫子，我想起了以前的客厅。最上面的板条箱上有一本红色的相册，红色人造革封皮，四角已经磨损，露出下面的纸板。

“看。”我对爱人说，他正打包衣服，准备坐长途火车回家。相册里是我收藏的各国纸币，里拉、德拉克马、比塞塔、卢布和四种不同的美元，被覆在发黄的塑料下面，仔细按字母顺序排列着。另一本相册里，是我出国留学那年的记录：登机牌，博物馆门票，红色硬纸板火车票，从啤酒瓶上撕下的标签，阿拉伯语系学生证照片，照片里的我闭着眼睛，张嘴大笑。

还有三个箱子，里面装满了书，我说过很多次要寄回自己家。一些是我在网上或二手商店买的语法书和教科书，封面已经卷起，装订也破损了。“书呆子。”爱人抵着我背后说道，在我脖子上吻了一下。他拿起一本破烂的淡蓝色封面的书，书页轻轻地从书脊上滑落。“哪儿的人说奇切瓦语（Chichewa）？”

又一个箱子，瓦楞边被里面高高的纸堆顶得裂开了。“你要画画的时候，总是逮着什么就往上画。”我妈笑着数落，我想起小时候趴在客厅地板上的无数时光。银行对账单的背面，医生的信，学校的通知，破信封，从父亲办公室里偷的白色打印纸——那是他用来打印论文的，我在上面画龙、妖精、天使、穿着奇装异服的未来世界公民，还有火神庙穹顶上耸立的一堆柱子。有些纸上画的是地图：城市、群岛、延伸进海洋里的大陆、内海、山脉、河流和起伏的平原，还有一圈立着的石头。

“你还留着它们？”我叫了起来。她在厨房里回了一个“是”。我被复杂的感受包围着：恋旧，失落，恼怒，为这些东西长时间占用她那么多空间而脸红。“我的东西，妈妈，”我不止一次在电话里告诉她，“都帮我扔掉。如果我到现在都还没用，就永远都不会用了。”

“我做不到。”她的声音很小，“那是你的。”

我曾抱怨她的书架上堆满了我和妹妹们，还有记录我妹妹们的孩子们成长的图书、影像。她有两本斯图尔特的录像带，但没有录像机。她保留了我在学校做的每一件手工缝纫品和圣诞装饰品、生日卡。

“你所有的旧玩具都在棚子里。”她告诉我，我感觉自己又被伏击了一回。“下次你回来，我们就得把它们都过一遍。”我脑子里马上开始想象一个个箱子打开的画面。“记得这个吗？”“看看这是什么！”“看，我爸爸的眼镜和你的一样！”

我们把客厅里的地毯掀开，想腾出一些空间，她那只又肥又坏脾气的猫从扶手椅上被赶下来。很快，我们又坐在地板上盘着腿，周围摆满了四代人的婴儿照片。

“你太可怕了。”我看着她大笑。她把绿黄色相间的婴儿服拿开，又从后面变出一件红蓝相间的、口袋上是大象贴花的衣服。一抽屉的袜子、小靴、围兜和钩编帽子。小塑料瓶里的乳牙哗啦啦作响，一束黄色的婴儿头发用透明胶带扎着，整齐地叠放成一个正方形。一个污迹斑斑的塑料手镯，上面用紫墨水写着名字和重量。一个透明的袋子，拎起来，里面的金属发出叮叮当当的声音。

“你做手术用的订书钉，”她平静地说，“你那时候太小了，不能缝针。”

“你真让人受不了。”我笑着说。

“我不想留着这些东西了。”她在双胞胎孙子生日派对的那天晚上告诉我。那一整天她都很安静。

“怎么想起这事了？”我问，轻轻地拨动水壶上的开关。

“嗯，只是些东西而已，对吧？”她还穿着外套。光线穿过巷子和窗台上繁杂的蜘蛛花，从厨房的窗户照进来。“扔了它们，感觉像是把人也扔了。其实根本无所谓，是吧？”这是个很严肃的问题。我摇摇头。

“我们明天没有什么计划吧？”我把热水倒进她最喜欢的杯子里，“要不，我们把楼梯下面的其他东西也收拾一遍，拿到慈善商店里去捐了。”

“太好了。”她边说边打开糖果和饼干的包装，放进抽屉里，为孙子们下次来做准备，“你提醒我了，前几天我找到了你的靴子，你要留着还是扔掉？”

six

6

顶峰

采访

莱因霍尔德·梅斯纳尔

文字

Lucy Brook

博物馆摄影

Rory Gardiner

人物摄影

Jonathan Gregson

当人与山相遇时，
伟大的事情就会完成。

——威廉 · 布莱克

和莱因霍尔德 · 梅斯纳尔（Reinhold Messner）一起，走到哪儿都会被人群围住。那是一个结冰的一月早晨，我们在海拔高度2275米的梅斯纳尔登山博物馆（Messner Mountain Museum）门口，克朗普茨（意大利语Corones，科罗内斯）山顶碰面了。刚走了几步，就有两位先生走过来，开始用德语和他交谈。然后他带我走进馆里，穿过大厅时，在服务台处与三个粉丝握手寒暄。给我介绍他珍贵的登山艺术收藏品时，又有人抓住他问登山鞋的问题。最后，我们在一扇能俯瞰普斯特河谷（Puster Valley）的大窗户旁找到两张椅子坐下来，采访过程中的某一刻，我偶然回头，看见一小群人聚在我身后，专注地聆听他说的每一句话。这些都没有让74岁的梅斯纳尔不安，这个被冠以"有史以来最伟大的登山家"之称的人，是那么体贴、传统和出乎意料的谦逊。当我告诉他在去多洛米蒂的路上，我读到一篇文章称他为"世界上活着的最伟大的人"时，他真的吓坏了。"噢，不！那是胡说八道，"他说道，没有一丝幽默，"我很幸运自己能活着。像我这个年龄的大多数登山者都已经死了。我没什么特别，只是没有死而已。"

梅斯纳尔的成就是一部传奇：1980年他成为首位独自登顶珠峰的人，还与彼得 · 哈伯勒（Peter Habeler）一起首次完成无氧攀登世界最高峰的壮举。梅斯纳尔也是第一个完成了14座8000米以上高峰，也就是所谓14座8000米雪山俱乐部（Eight Thousanders）的成员。他是第一个不用摩托和狗拉雪橇穿越南极洲和格陵兰的人，还独自穿越了戈壁沙漠。他克服了受伤和截肢（在喜马拉雅山脉他有6根脚趾冻伤了），以及无数次挫折和死里逃生，曾面临兄弟贡特尔（Gunther）的死亡，两兄弟登顶两天后，贡特尔在下山途中失踪。

近5年来，梅斯纳尔在政界工作，是意大利绿党的议员。他还抽空写了80多本书，创办了梅斯纳尔登山博物馆——由6个欧洲博物馆组成，致力于不同山峰的主题展览。

梅斯纳尔有8个兄弟姐妹，在风景如画的意大利北部南蒂罗尔的维伦（Villnöß）社区长大。这个地方在1919年以前是奥地利的一部分，今天这里的人讲意大利语、德语和拉丁语。他的父亲约瑟夫很严厉，是个纳粹分子和业余登山者。莱因霍尔德很早就反对父亲的政治主张，从小就开始登山。5岁时他爬上了自己人生中第一座顶峰，20多岁时他成为欧洲一流的登山家。他说他花了很长时间学习用绳索。"从5岁到20岁我一直在学，最后简直不用思考就会用，知识变成了本能。"

梅斯纳尔不仅是首位独自登顶珠峰的人，还与彼得 · 哈伯勒一起首次完成无氧攀登世界最高峰的壮举。

“攀登即自由，超越一切规则，
把握机会，体验新事物，洞察人性。”

——莱因霍尔德·梅斯纳尔

梅斯纳尔在南蒂罗尔维伦长大，很早就开始攀岩。“我学习了很多年。从5岁到20岁我一直在学，最后简直不用思考就会用，知识变成了本能。”

梅斯纳尔迷醉于山的坚不可摧和巍峨雄伟，攀登给了他自由的感觉。“登山不仅仅是一种瘾，它让我活跃，让我离开狭隘的日常生活。”他在2014年出版的《我的极限人生》（*My Life at the Limit*）一书中写道：“攀登即自由，超越一切规则，把握机会，体验新事物，洞察人性。”故事是梅斯纳尔登山博物馆的主线。“一个问题不止一个答案，一次经历背后不止一个故事。”科罗内斯是6个博物馆中最后完工的一个，于2015年开放，由建筑大师达姆·扎哈·哈迪德（Dame Zaha Hadid）设计。梅斯纳尔对建筑充满热情，他与哈迪德密切合作，完成了设计。作家理查德·惠斯勒（Richard Whistler）将这座建筑描述为“一艘坠入山峰，与岩石融为一体的宇宙飞船”。在设计阶段，梅斯纳尔坚持要突出周围的景色，并坚持用传统的墙壁而不是哈迪德最初设想的弧线来展示他的收藏。“完工时，”梅斯纳尔笑着回忆，“她对我说，祝贺你能把东西挂在这些平淡的灰墙上。”在这座壮观的建筑里可以看到周围的全景。科罗内斯博物馆用文物、个人物品、书籍和艺术品讲述了阿尔卑斯山脉的故事。“我希望人们参观完这里后会用不同的眼光看山。人和山可以相遇，但我们不能改变山，这是件好事。”

成就斐然、著作等身的梅斯纳尔还在继续工作。他定期举办讲座，计划在未来几年拍摄电影。他说：“我很幸运自己有许多不同的生活经历，并且在适当的时机改变了方向。但我和其他人没什么不同，我只是从另一个角度看世界而已。”

messner-mountain-museum.it

多洛米蒂

白色
山脉

文字
Richard Aslan

摄影
Jonathan Gregson

7

多洛米蒂

白色山脉

山谷在脚下延伸，陡峭的山脊两侧散落着巨石。黑暗中森林延展到山腰上，一条裂缝从山脊伸向远方。“之”字形的道路像一条黑线，几乎平行折叠在山坡上，阶梯一样一级级爬上山谷的陡壁；每上升一段，就折叠一次，看起来危险至极。山间散落着很多小木屋，屋顶看起来就像孩子们的积木。一片寂静，苍鹰在上升气流中盘旋，测试它的羽翼。树好像打了个哈欠，颤动不已，枝上的雪花纷纷落下。森林低语，讲述无声的故事。噼啪作响的枯枝落叶，咔嗒咔嗒的动物蹄声，一群岩羚羊在山中攀爬，面部或黑色，或白色，或棕褐色，它们偶尔停下来，用牙齿从岩石的裂缝中撬出一点点绿色。

高处，目之所及都是白色，像一条隔音的厚毯子。再高一点儿，雪坡蜿蜒，如爬行动物的曲线，那是风的杰作。峭壁直上直下，中间是无数的裂缝。石灰石裸露着，犬牙交错，直上云霄。岩石坍塌、延伸，如手指般伸展。在这之上，石头裸露着，干干净净，峰顶后面是白色的天空。

空气清冷。清晨的第一抹光亮驱散了晨雾，光明和黑暗割半而分，共生共存。朝阳斜映在山谷中，云层投射在地面上如斑驳的皮肤。太阳冉冉升起，沿高山山口向上移动。一股暖流，在云还未覆盖山顶之前，流入冰冷的大地，山谷重又陷入了阴影。白色的雪花在苍白的天空中舞动。不久，太阳升得更高了，层云散去，灰色的石头被染成了玫瑰色。

它们从平缓的山坡、广阔的山谷，不断向上爬升，穿过纵横交错的山丘和山峰，一直到峰顶裸露的石头尖顶。多洛米蒂（Dolomites）布满了小路、徒步路线和世界上最具挑战性的攀登路线。其中最古老的一条叫“高路”（Alte Vie）。按数字排序，一到八号，徒步走完它们需要少则几天，多则一个星期的时间。其间点缀着大大小小的“庇护站”，那是给徒步者过夜的地方：有的设施简单，只有冷水提供，是公共宿舍；有的条件舒适，可以在壮丽的大自然中享受酒店般的待遇。从12月到晚春，大雪纷飞，马尔莫拉达山（Marmolada）和拉丁（Ladin）山谷的山坡上挤满了滑雪者。多洛米蒂拥有长达1200公里的雪道和12个滑雪场，是世界上最大的滑雪中心。

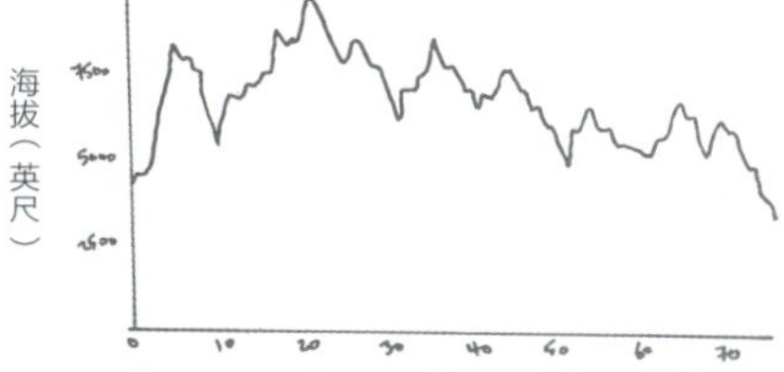

1866年至1918年间，多洛米蒂是意大利和奥匈帝国的边界。意大利在第一次世界大战中加入协约国，1915年5月到1917年11月，这里成了战争前线。今天，多洛米蒂完全位于意大利境内，由南蒂罗尔省、特伦蒂诺省和贝鲁诺省共享。

多洛米蒂的石灰岩山峰是2.5亿年前三叠纪时期的热带特提斯洋（Tethys Ocean）底的珊瑚礁。后来，欧洲板块和非洲板块碰撞，包围了地中海水域，海床弯曲上升，形成了北部的阿尔卑斯山脉。

海拔1875米的坎波隆戈山口（Campolongo Pass）将多洛米蒂山脉分成东部和西部。这个地区拥有26个不同的山脉，20个超过3000米的山峰。马尔莫拉达峰是多洛米蒂最高峰，海拔3343米，位于威尼托和特伦蒂诺交界处。它的北侧有该地区唯一的大型冰川。

多洛米蒂贝卢内西国家公园于1990年正式建立，并于2009年被联合国教科文组织列为世界文化遗产。公园占地32平方公里，完全属于贝鲁诺省，包括阿尔皮费尔特里尼、蒙蒂德尔索勒、斯基拉、塔尔文纳、普拉佩尔和斯皮兹迪梅佐德山脉（Alpi Feltrine，Monti del Sole，Schiara，Talvena，Pramper，and Spiz di Mezzodì mountain ranges）。此外，多洛米蒂还有另外7座自然公园。

多洛米蒂曾名蒙蒂帕利迪－苍山山脉（Monti Pallidi－Pale Mountains）。现在的名字来自法国地质学家迪厄多内·西尔万·居伊·多洛米厄（Dieudonné Sylvain Guy Tancré de Graet de Dolomieu）。他是多洛米厄侯爵的11个孩子之一，生于1750年，12岁加入马耳他骑士团，18岁杀死了一名骑士同伴，在一场决斗中被判终身监禁。教皇克雷芒十三世（Pope Clement XIII）介入此事，仅仅一年后他就被释放了。他晚年的大部分时间都在阿尔卑斯山脉、威尼斯以北探险。1791年，他描述了一种特别的从马尔莫拉达山脚下采集的白色石灰岩。这种石灰岩在酸液中不会起泡。一年后，瑞士化学家尼古拉斯－西奥多·德·索绪尔（Nicolas-Théodore de Saussure）以他的名字命名了这种矿物质（dolomie，英文为dolomite，白云石）。

多洛米厄因其自由主义政治信仰而被迫离开马耳他骑士团，并为法国大革命的理想而战。从断头台死里逃生后，他转而支持拿破仑。有新皇帝保护，他成为巴黎的自然科学教授。到了1798年，他的声誉越来越高。在拿破仑的埃及战役期间，多洛米厄在亚历山大城生病了。载他回家的船遇上了风暴，被迫在意大利登陆，他被当作俘虏，在西西里岛单独监禁了21个月。1800年春，拿破仑的军队入侵意大利，多洛米厄获释。然而，他再也没有恢复健康，于一年后在前往心爱的阿尔卑斯山脉探险途中去世。

阿德勒山庄（Adler Mountain Lodge）

南蒂罗尔阿尔卑斯山脉起伏的高原上，坐落着阿德勒山庄。在这个隐秘的静修之地，你可以俯瞰起伏的高山草甸、茂密的云杉林野，以及高耸入云的石灰岩山峰。群山环抱，山庄仿佛和周围环境融为一体。林子里的云杉装饰了18间套房，草地上的干草是桑拿房的燃料。阁楼里的水疗中心面向群山，室外游泳池像个巨大的潜望镜，深红色的落日映入其中，反射在岩石上。

eight

8

反思经典
山地建筑

彼得·皮克勒尔的
建筑设计

文字
Lucy Brook

摄影
Rich Stapleton

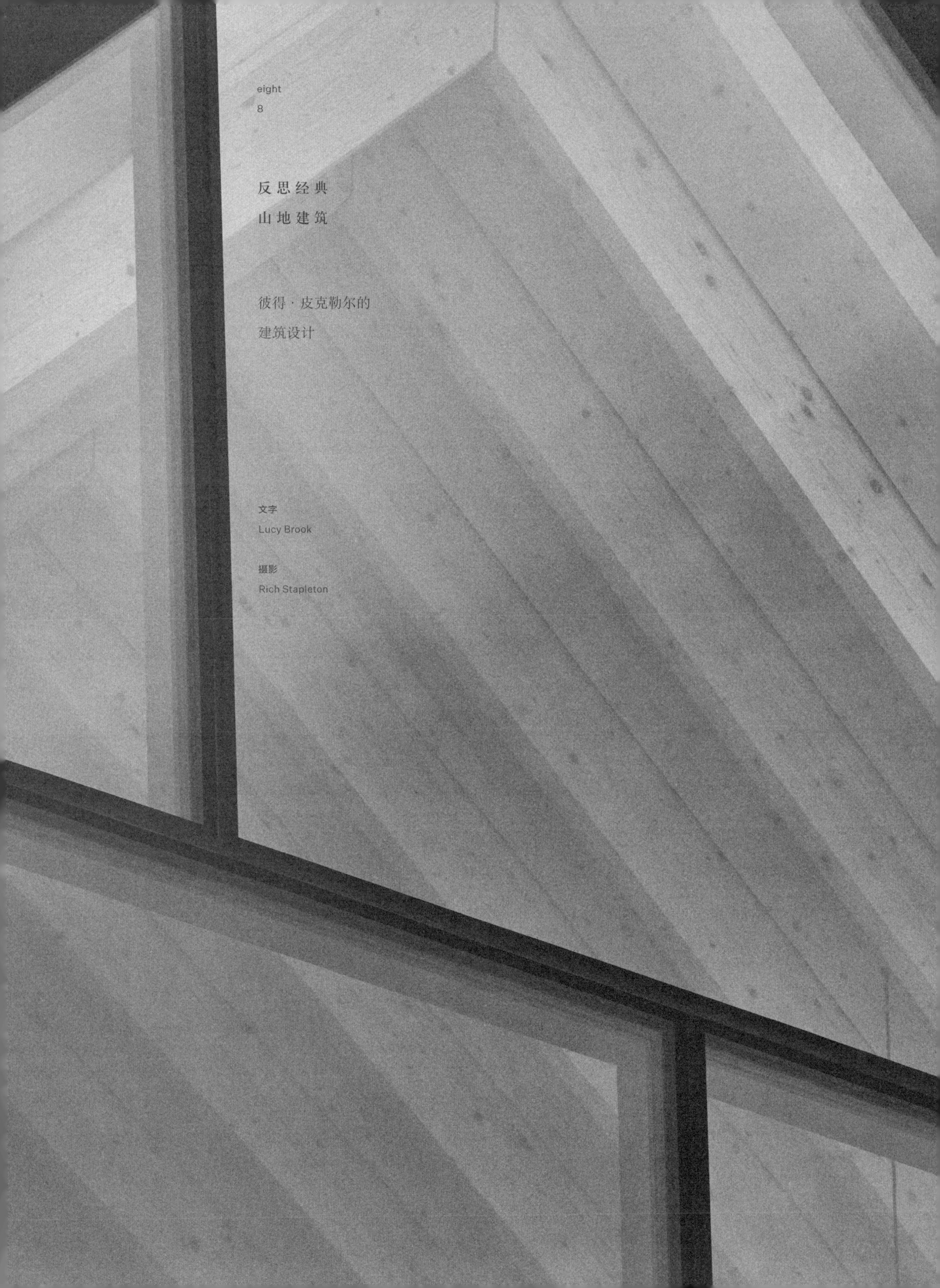

彼得·皮克勒尔（Peter Pichler）在南蒂罗尔长大，在山上徒步和滑雪时他总喜欢在传统的山间小木屋歇脚。这些简单的高山建筑使用深色的木梁和俗气的本地木雕，却有着某种独特的优雅。山地建筑的坚固性以及它们与自然的共生关系一直影响着皮克勒尔，他最终选择建筑设计作为职业，在米兰创立了自己的事务所。

2015年，皮克勒尔在设计比赛中获奖，作品是南蒂罗尔奥伯埃格村附近的一座木屋，它坐落在海拔2096米的高山上，奥伯霍尔兹山坡（Oberholz Slope）上的电缆站旁边。“我小时候就来过这座山。”皮克勒尔说，他一身黑衣，手里端着杯意大利浓咖啡。与原来的木屋相比，这个新设计的结构非常有未来感，但皮克勒尔也借鉴了当地的建筑理念、历史和传统。“南蒂罗尔在很多方面有自己的传统，这些传统吸收了不同的文化，非常有趣。在这里你会安静下来。我觉得要想创新，了解过去很重要。做设计时，不能只是在这个地方随便放一个玻璃立方体，那会让人觉得少了点什么。”

皮克勒尔对奥伯霍尔兹木屋的设计理念基于客户的要求——强调风景的重要性，并加上了他自己的思考和研究。“房子造成原来那样总是有它的理由的。新建筑要反映过去的架构，并进行一些改进。我们事先对山地建筑做了很多研究，它们大多用木材。木材很传统，可以就地取材、环保，还有典型的斜屋顶。我们将这些元素融入当代概念中。”这座新建筑是高山建筑的一个典范。悬臂式结构，坐落在缆车旁边的小山上，拔地而起，三面巨大的玻璃立面朝向三个方向的山脉。

“体验一个地方，知道当地的文化和价值观很重要，”当被问到如何做到建筑与周围环境和谐共生，皮克勒尔讲道，“否则，在我看来，你就无法设计好当代建筑。”皮克勒尔入行是从学习技术制图开始的，然后被维也纳应用艺术大学建筑系录取。他的导师是扎哈·哈迪德。开学第一天，导师让他忘记技术制图课上学到的一切。“她让我放下一切，从零开始。她一直认为真正的创新发生在大学里。这是真的，因为在现实世界中有很多限制。在学校，你可以自由发挥。我对建筑真正的热爱始于在维也纳的那些年。”

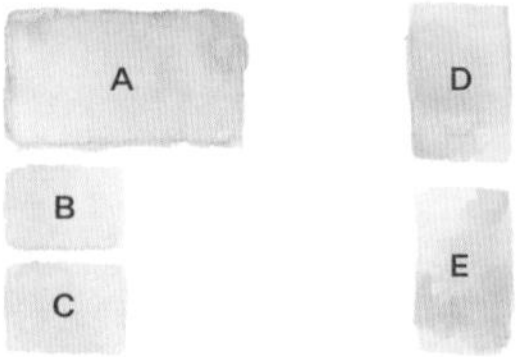

A. 多洛米蒂

展示周围山峰的景观是奥伯霍尔兹木屋设计的关键。

B-C. 建筑外部

悬臂式结构，三个巨大的玻璃立面朝向该地区最重要的三个山脉。

D-E. 天花板

传统山地建筑的元素，如典型的斜屋顶，都包含在当代优雅的曲线设计中。

还没毕业，他就加入了扎哈·哈迪德在伦敦的设计事务所，并且参加了几项比赛，其中包括在因斯布鲁克获奖的诺德凯滕巴恩高速公路（Nordkettenbahn）。后来，他在汉堡的哈迪德事务所工作，担任项目经理，然后在2015年与妻子西尔瓦娜·奥迪纳斯（Silvana Ordinas）开始了自己的事业。他们一起设计了很多项目，比如荷兰小城里的“8”字形住宅建筑群，还有2018年用1600根木梁搭建的临时金字塔型建筑，名为“移动沙龙”。

我问他灵感都来自哪里，他说：“可以是任何东西，一座城市，一栋美丽的建筑。但大多数情况下是和人们谈论他们的生活。我不喜欢和同行聊天，我们的视角是相似的，很容易变成竞争。广泛地倾听很重要。最近，我对那些一眼看上去没法理解的艺术感兴趣。它们也许不是那么漂亮，但随着时间的推移你会慢慢理解、更喜欢它们。家具和建筑也是如此。”皮克勒尔说过，建筑是他的爱好，而不是他的工作。我问他现在是不是还这么想。“当然，”他说着，又点了一杯意大利浓咖啡，“我认为这是一项非常困难的职业。如果你不是真心喜欢，最好别做。对我来说，这是个自然而然的选择，我想不出除了这个我还能做什么。”

oberholz.com

“体验一个地方，知道当地的文化和价值观很重要，
否则，在我看来，你就无法设计好当代建筑。”

——彼得·皮克勒尔

下午 琥珀香

Perfumer H

摄影：Ash James

nine

9

银 饰

秋冬

风尚

摄影

Linus Morales

造型

Pernilla Löfberg

艺术指导

Erik Rödstam

妆发

Marie Dausell

模特

Sari Jønsson, Scoop Models

地点

Normann Copenhagen

助理

Sofi Christiansen

←　项链 All Blues

↓　针织套衫 The Row
项链 All Blues

→　连衣裙 Marina London
袜子 Falke
咖啡杯 Thomas Drejare
地毯 Layered

连衣裙 Totême ←
包 William & Son

针织套衫 & 连衣裙 Filippa K ↓

↓ 包 Valextra

沙发 Normann Copenhagen

↓ 外套 Hermès
包 Loewe

↓ 耳环 Completed Works

→ 衬衫 Filippa K
女裙 Vince
戒指 Hermès
盘子 K.H.Würtz
杯子 Ferm Living

la-gent.com

我看见，一滴水
从水龙头滴下
迟疑了片刻
破碎在浴缸里

微小的水花溅到
浴缸的每一个角落
回音安静悠扬
在空气中留下温柔的震动

我干燥的肌肤
现已沾满露水
穿透
生活巨大的面纱

透 明
水 晶 杯

文字
Sheila Lam

散文

石痴

文字

Hugo Macdonald

在美国，我这种人被叫作“石痴”，换句话说，就是爱收藏石头的人。这种人很多，所以我很清楚，我没什么了不起的。事实上，在Instagram（照片墙）上，石头的静物照跟小狗和纸杯蛋糕的一样多，让我有点儿尴尬。但不管怎样，我没有停止收集和收藏石头，并乐此不疲。

我的石头不是摆在屋子里积灰和装饰用的，它们对我的意义远不止如此。漂亮的石头很多，但一旦被我带回家，它就跟我去过的地方、我的记忆连在一起了，这才是有意思的部分。罗伯特·麦克法兰（Robert Macfarlane）说，野外收集的石头是“矿物明信片”，这准确解释了我们收集的动机。那原始自然的美，瞬间打动了我们。石头不要钱，但它代表了特定的出处，那个具体而特别的地方，而不是随便哪里。它们是地球母亲的骨头。

以前，我在这一点上有过道德困惑。小时候被告诫过的话一直在脑海里挥之不去：“要是每个人都拿一块回家，地球上就没有石头了。”最后，有一个理由说服了我，石头比我活得长，它永远在地球上，就算我死了，我的房子也消失了，它还是会在那里。在我这里的短暂时光，只是它漫长生命中的一段小插曲，它会一直存在，在很多地方、很多人的口袋里、手里和心里。

就我所知，石头没有感觉。但它们会引发你的感觉，我想拣回家的第一块石头，是斯凯岛海滩上我家房子前面的一块小石头。我带着它去了寄宿学校，一起带走的还有一本相册，里面有我爱的家人和各种场合的照片。想家的时候，我会拿出相册和石头。相册让人伤感，而石头就不会让我那么难受，还会给我一种安慰。即使在小时候，对事情还没有清楚的认识之前，手里拿块石头也会让人有种与永恒联结的安慰感。那时候我还没有意识到，它会成为连接我与世界的一种方式，但肯定有某种原始、感性的东西在我的潜意识里发生了。

历史上，石头一直有护身符的作用。一直到维多利亚时代，石头都被挂在门道里驱邪，放在床边驱赶噩梦，或者挂在马脖子上防止女巫夜里来骑走它。德里克·贾曼（Derek Jarman）导演的《展望小屋》（*Prospect Cottage*）里收藏了很多门道里挂的石头，极具神秘感。他把它们串起来挂在室内，或是摆成图腾的形状放在花园里，像是异教徒的礼物。人们说，这种石头会来找你，而不是你去把它们找回来。吉姆·埃德收藏的76块圆石，在他的凯特尔之家里被摆成螺旋形，是这个地方重新开放以来最具辨识性的装饰，在社交媒体上频繁曝光。当然，这是个很漂亮的装饰，但真正让它与众不同的，是它与房间里其他事物的呼应和连接。这个螺旋是埃德收藏的所有艺术品的灵魂，代表了自然、艺术、生命和光的完美结合。玛格丽特·豪威尔（Margaret Howell）的萨福克海滨之家里到处都是天然字母和数字等花纹和形状的石头，它们既非常深刻，又毫无意义，既什么都没有说，又有无尽的含义，是我们与自然之间关系的隐喻。

每次回顾自己收藏的石头，我都会惊讶于我居然有这么多样化的收藏。化石，笨重的大理石雕塑，有石英纹路的砂岩，粗粝的玄武岩和轻盈的浮石，铁矿石，被潮水冲刷了几千年的光滑的石头，其中只有一块石头是圆形的。这些石头来自世界的各个角落，是我多少次散步所得。它们还分别属于地球的不同时期。我记得起来每一块石头的来历，只有少数几块的记忆有点儿模糊了，但那不重要，它们都有纪念意义，不仅提醒我时间、地点，还有生命中的喜悦和不可避免的死亡。奇怪的是，我觉得这有巨大的安抚作用。

vitsoe.com

MEXICAN SILVER

ten

10

框 内

参观设计师
林能平的家

文字

Jenny Bahn

内装摄影

Cerruti Draime

人物摄影

Matthew Johnson

10

框内

参观设计师

林能平的家

林能平（Phillip Lim）带我穿过他的客厅，这是一座SoHo（家居办公式）建筑，他靴子上的拉链闪着银光。正对面是一张镶着白色相框的巨幅图画，墨黑色下一片纯净的虚空，给房间里投下静谧的底色。所有的物品都像星星一样闪烁着光芒。第一眼看过去，饱和度非常高。但是看一会儿，就好像一片云遮住了光线，房间暗下来，画面越来越清晰。“看出来了吗？”林能平问道，突然间，画中人的脸颊、肱二头肌和优美的大腿曲线都显现出来。这幅裸体肖像安静地展现在我们面前，一股暗金色的情欲意味出现了。

艺术的语言——至少是教科书和画廊里的那种，林能平很晚才接触到。对于在南加州蓝领家庭长大的他来说，艺术无疑不是家庭氛围的一部分。奥兰治县丰富的艺术环境也与他无干，“我是在郊区长大的，到处都是商店街。”他小时候什么都玩，比如自行车、滑板，他还热衷于夏威夷衬衫和橡皮筋。11岁的时候，他还自豪地养过100只鸽子。

每一个爱好都培养了他的审美，按他自己的话说“把字母和单词拼凑起来，做出一个视觉词汇库”。他没有接触过多少艺术，包括流行时尚，这迫使他自学成才，学会不少实用的技能，“我什么都是自己研究的，跟着自己的兴趣摸索。”他一点儿也不觉得这样的童年有什么可惜，反而很感激自己成长的环境。“我没有被那些流行的东西影响，这一点非常珍贵。从没有被洗脑，永远跟着好奇心、本能和快乐走。能够有足够的空间培养勇气，发展本能，并且一路前行。”

打量林能平的家，墙上挂着各个时期的珍贵收藏，他出色的本能显露无遗。他的第一幅收藏是杉本博司的作品，从那开始，他收藏了克劳德·拉兰纳（Claude Lalanne）的作品，一尊青铜雕塑，包含白菜和鸡肉的奇妙组合；理查德·塞拉（Richard Serra）的作品，一幅画，黑色油墨在纸上自由流淌；还有琼·米切尔（Joan Mitchell）的作品，一幅爬满了蓝色、铜色和黑色的油画。“都是随机、当场买下的作品。”他说起买这些藏品的起因。他的策略，是用心判断，而不是用头脑，不考虑流行，也不追求投资回报。

林能平家里的所有藏品，从N.达什（N. Dash）的画，到一排四个的唐纳德·贾德椅子，都验证了他重复强调的原则，“要能感受到艺术家的心血，不是工厂做的，也不是团队作品，艺术家的灵魂最重要，我找的是某种不能用语言表达的东西。”他走向后门边一尊路易丝·内韦尔森（Louise Nevelson）的雕塑，那是用同一条街上中世纪时期废旧黑漆料制成的作品，那条街在中世纪是一个与现在迥然不同的地方。在他身后立着赫尔穆特·朗（Helmut Lang）的一对雕塑：由树脂和碎衣服构成，简直就是设计师自暴自弃的完美写照。他向我介绍其色彩的含义，红色是向朗的朋友路易丝·布尔乔亚（Louise Bourgeois）致敬。布尔乔亚的作品林能平也有收藏，是一堆胭脂色的球状雕塑。

这里的房间布局很完美，每件作品都与其他作品相呼应，同时还和空间相呼应。林能平指着他和建筑师乔·尼克斯（Joe Nix）一起设计的黑色大理石拱道，走廊后面的那面墙故意做了留白。

“对我来说，那面墙上有什么并不重要，重要的是那张桌子上的东西。比利时亚麻、密斯·凡·德·罗手杖的质地和墙本身的粉色色调才是关键。”大理石拱道就像一个画框，映衬出后面的20株鹦鹉郁金香，它们被插在三个花盘里，桃色花朵低垂，花瓣凋零。我的视线回到房间尽头林能平的卧室，墙上整整齐齐地挂着Cy.通布利（Cy Twombly）的四幅照片，珊瑚色的郁金香绽放着，摄影师用柔焦将它们永恒定格在图片中。

林能平曾把服装设计描述成拒绝接受存在感，他的衣服正是这个概念的写照，整个空间都呈现出这个男人的好品味，他将空间变成美的所在。印度榕的树枝被一根绳子绑定了。他的画像周围微妙地装饰着平纹细布，好像刚刚拆封的礼物。他的艺术品和家具——视觉艺术的词汇库——四处点缀在刷着粉色墙壁的白色砖房里，地上是人字形木地板，6个窗户朝西，6个窗户朝东。这一切合在一起，提供了一种超越现实、迈向崇高的可能。

31philliplim.com

andtradition.com

汉斯·
乌尔里希·奥布里斯特

收藏、保存
与策展

文字
Seb Emina

摄影
Ash James

“从广义上说，我对你的问题——为什么保存、收藏及其为什么重要的回答，”汉斯·乌尔里希·奥布里斯特（Hans Ulrich Obrist）说，“是因为它根植于灭绝。”这是一个夏天的工作日，我们坐在奥布里斯特担任艺术总监的蛇形画廊（Serpentine Galleries）里。窗外，肯辛顿花园蜿蜒延伸向远方。彼时是画廊的旺季，奥布里斯特刚从巴塞尔和丹麦富宁岛回来，马上又要去纽约。上礼拜，蛇形画廊刚开了一个新展馆，由墨西哥建筑师弗里达·埃斯科韦多（Frida Escobedo）设计。他们要为夫妻档艺术家克里斯托·克劳德和珍妮·克劳德（Christo and Jeanne-Claude）的新展览开酒会。但我们今天是来谈收藏的。“伊丽莎白·科尔伯特说，我们生活在第六个灭绝高峰，每天都有物种灭绝。艺术形式也在灭绝，这是一种语言的灭绝。我想收藏和归档的动机可能是相信未来，相信我们这个物种不会灭绝。”

关于这个男人有很多传言，大家叫他“HUO”（这不是字母，而是单词“hoo-oh”的缩写）。他每年要出上百次差，每天早上醒来，要读15分钟加勒比哲学家爱德华·格里森（Édouard Glissant）的书。他最喜欢的词是“紧急”，经常参加“早起俱乐部”6点半的集合活动。奥布里斯特是个策展人，这和收藏家是不一样的，但也并不是完全不一样。“我不认为自己是艺术收藏家，我不搞收藏。我喜欢做展览，不一定要拥有那些东西，而是让艺术品被尽可能多的人欣赏。”说他不攒艺术品是不准确的，许多艺术品都被他分门别类保存起来。“我没有收藏品，但是，当然，我保存艺术品。一个策展人应该保存艺术。我经常买书，几乎每天买一本。”“你有多少本书？”我问，“大概5万本。”他说。

在权威杂志《艺术观察》（*ArtReview*）100名策展人中，奥布里斯特目前居第6位，他正坐在6个褪色的氦气球下面。3个气球上印着银色的HUO字样，另外3个印着金色的HUO。这跟摇滚乐队在自己的徽标前表演是一个意思吗？不，不。

SERPENTINE GALLERY

“它们是我50岁生日晚会上剩下的，一个朋友弄了3个银色的，另一个朋友弄了3个金色的。”是故意这样的吗？“纯属巧合，我们觉得留着挺好，看能放多久。”

2018年5月，不仅仅是他在苏黎世出生50年的日子，也是著名的法国“五月革命”50周年纪念。那次革命几乎推翻了法国政府，但是瑞士并没有发生过这样的革命。或者说，推迟了很久才发生。20世纪80年代初期，瑞士年轻人走上当地最繁华的商业和艺术中心班霍夫大街，8点新闻（O'clock News）办公室被占领了。“对我来说，这是难忘的一天，我在父母家里，才12岁，突然之间，那些无政府主义者占领了8点新闻。”

从童年进入青少年，奥布里斯特开始收集明信片，他的“想象博物馆”开始有了藏品。“这5000张明信片是我的第一批藏品，我从那时开始办自己的展览。后来，这些藏品变成了移动博物馆，叫纳米博物馆。90年代初，我邀请艺术家们创作5cm×8cm的小明信片作品，随身携带。我跟所有小孩一样，搜集足球明星的照片，并做成相册。我爷爷是个很棒的邮票收藏家，他一直鼓励我收藏邮票。我小时候还收藏硬币和各种各样的T恤。”

奥布里斯特策划的第一个展览在他圣加仑的学生公寓厨房里。那是一个群展，参展的有克里斯蒂安·波坦斯基（Christian Boltanski）和费斯里＆韦斯（Fishli&Weiss），作品展示在纸箱子和冰箱上。还是个孩子的时候，奥布里斯特就说服费斯里＆韦斯，让他参观了一个展览工作室。他渴望与艺术家们对话，一共积累了3000多个小时的艺术家访谈。“有一天，有个人问我最重要的成就是什么，我觉得是在采访中听到的成千上万个关于未完成作品的回答。我的问题总是关于我们能一起干点什么，哪些能实现，哪些还没实现。艺术家们给我讲他们还没有实现的作品，那就是我最大的成就，因为我想在未来完成那些设想。其中一些设想已经实现，比如克里斯托的伦敦马斯塔巴（The London Mastaba）。”我一小时前刚在蛇形画廊里看到了这个作品，它像一个巨大的美索不达米亚人坟墓，由数以千计的五彩油桶拼成。“他还想在沙漠里拼一个，”奥布里斯特说，“这在伦敦实现不了，因为这里没有沙漠。然后他想在湖里做一个，我说，我们有湖啊。”

“我不认为自己是艺术收藏家，我不搞收藏。
我喜欢做展览，不一定要拥有那些东西，
而是让艺术品被尽可能多的人欣赏。”

——汉斯·乌尔里希·奥布里斯特

twelve

12

智慧的
碎片

多年的收藏

文字

Charlie Lee-Potter

摄影

Benjamin Madgwick

模特

Stefanie Lange from Milk

选角

Ebonie Ray Creative

出品

Sarah Laird & Good Company

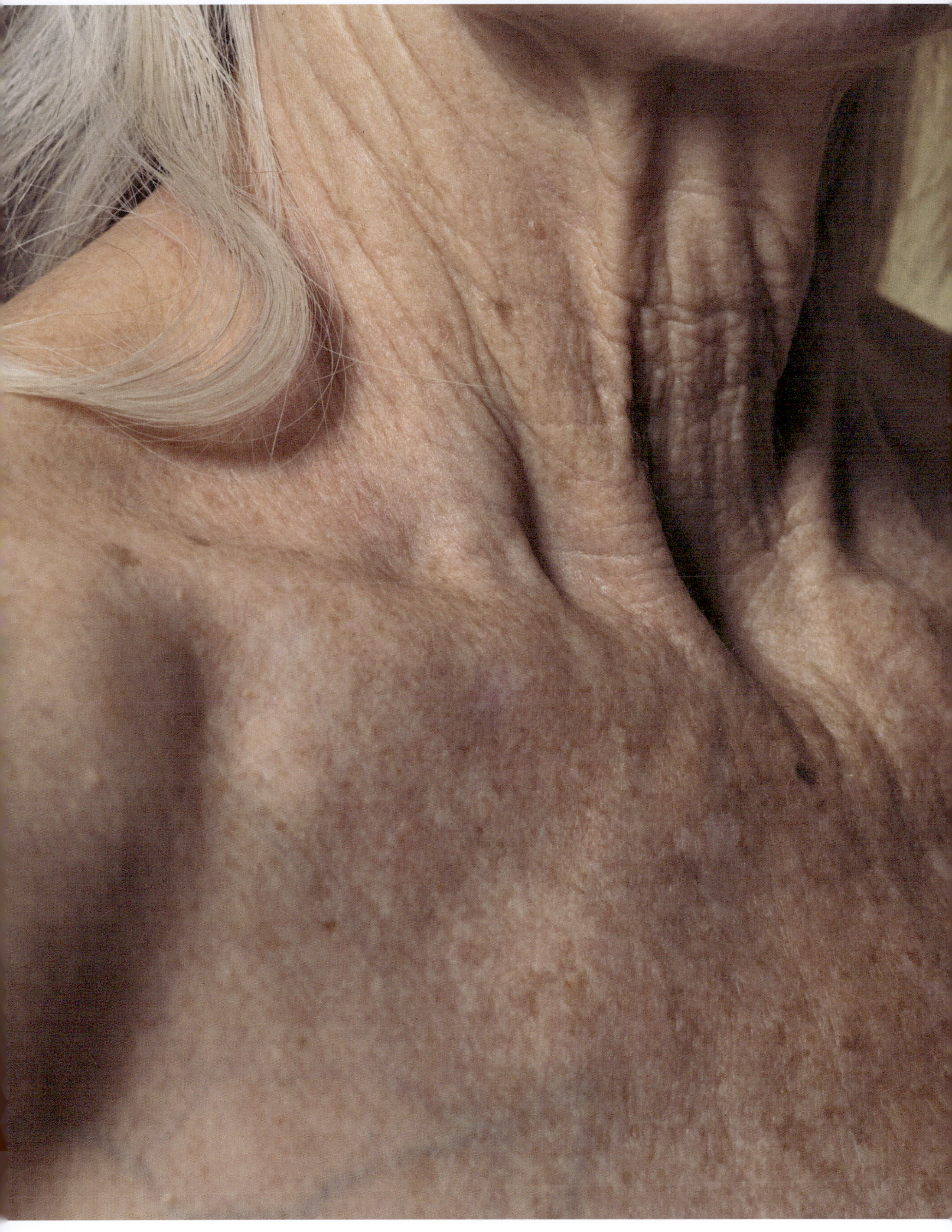

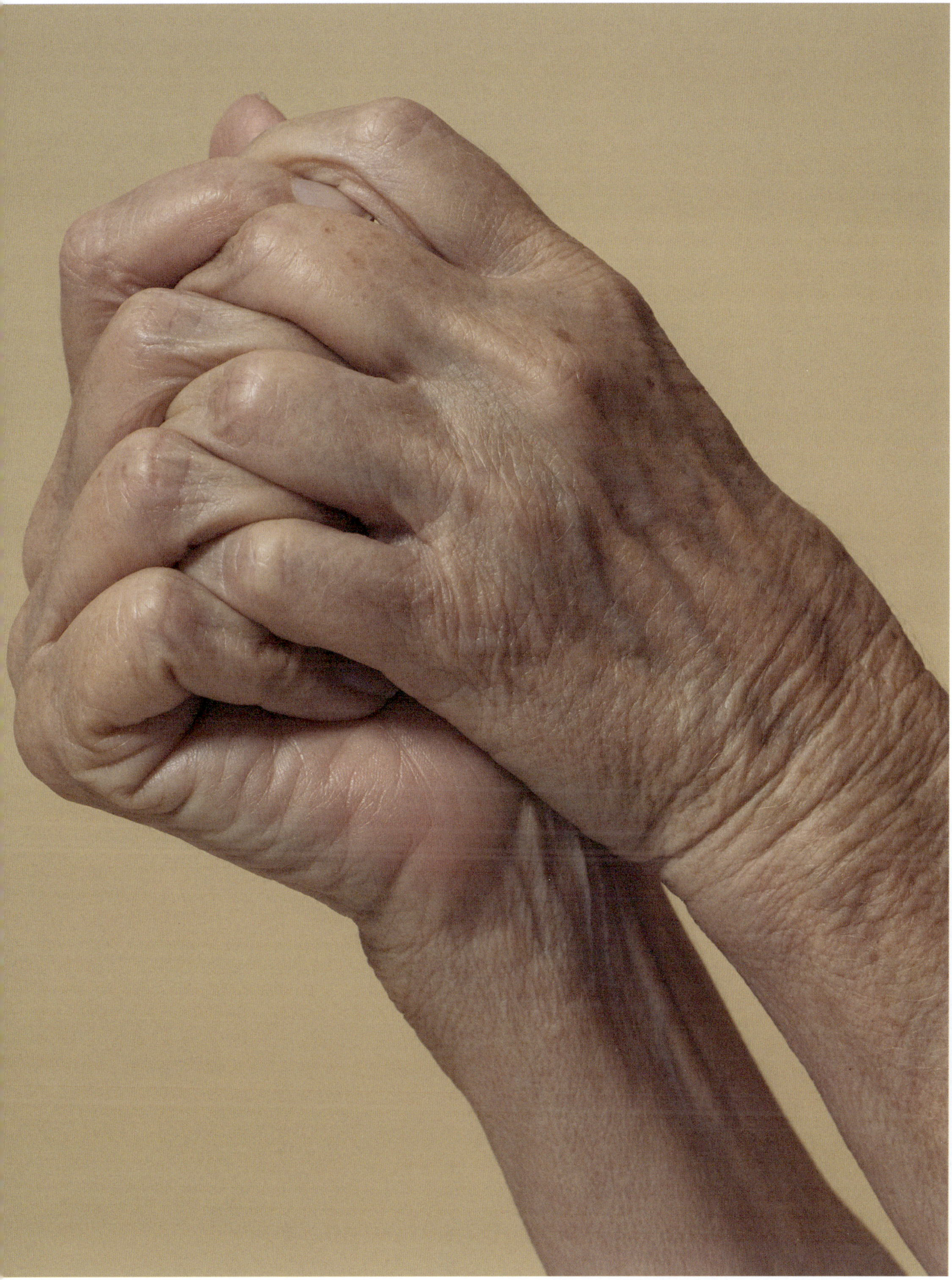

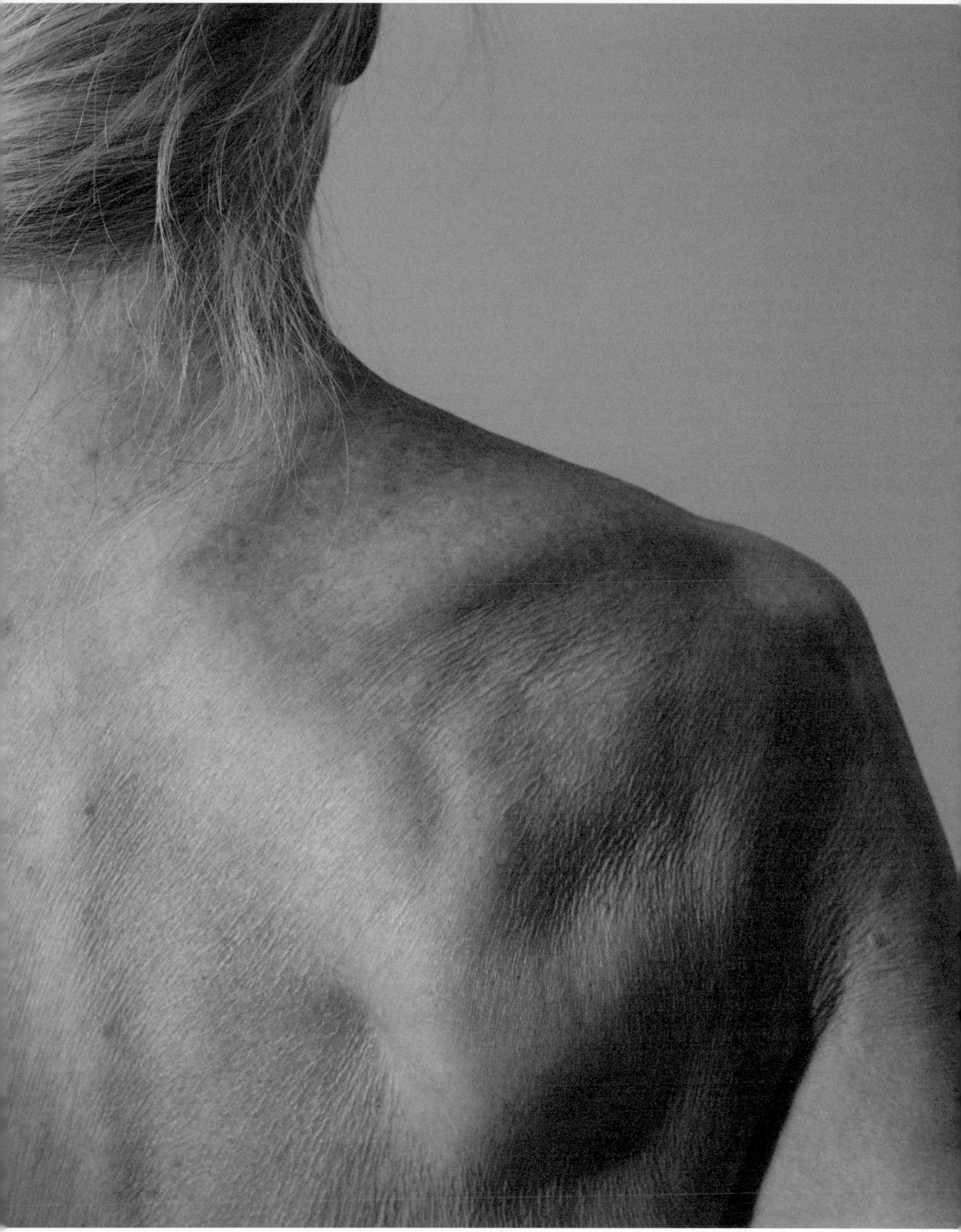

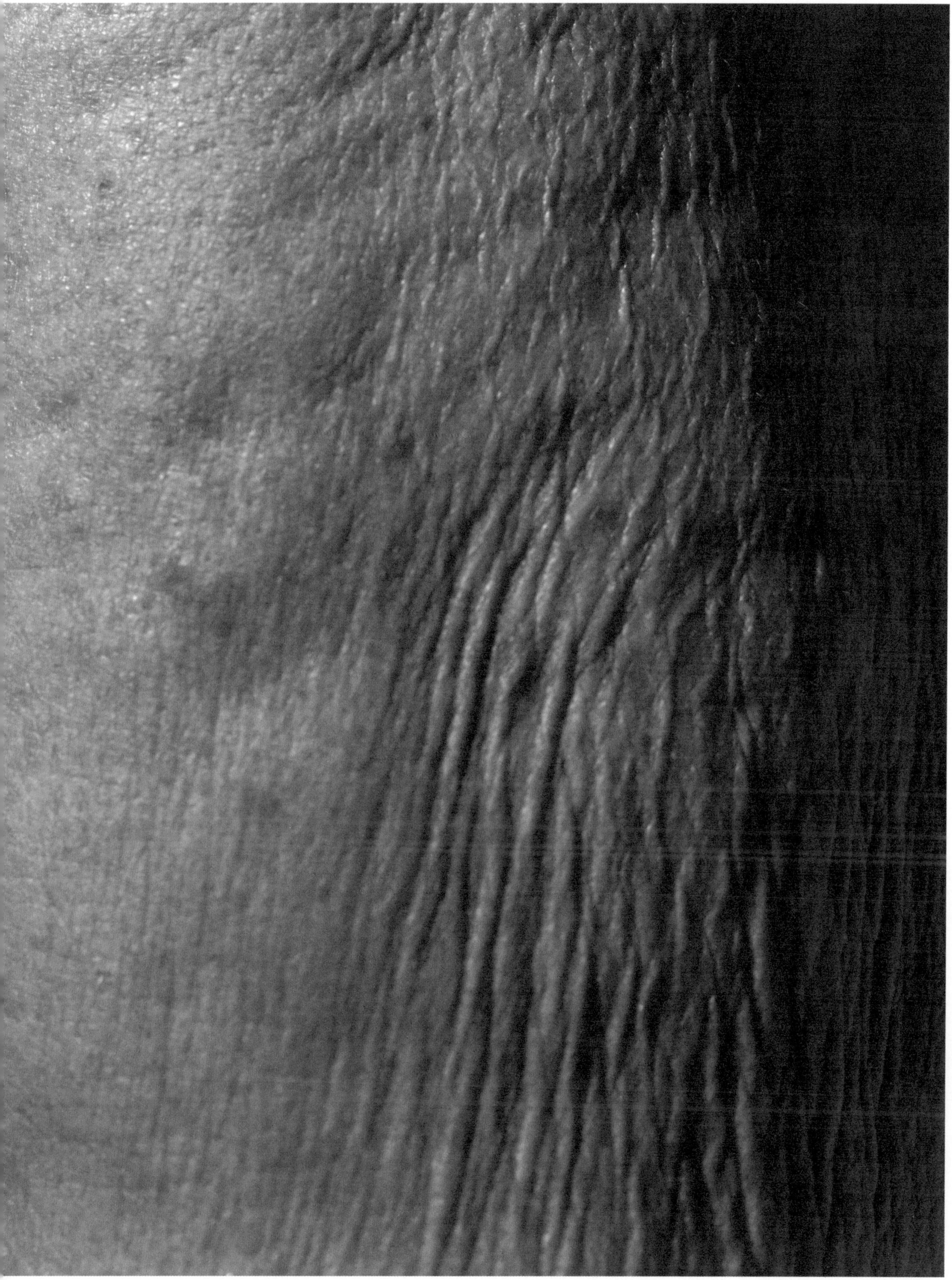

多年的收藏

现在是凌晨一点，法国南部，一座寒冷多风的高原上。我右眼贴在一个两人宽、高出我一倍的望远镜镜头上。要知道，圣米歇尔天文台的国际天文中心很少让业余爱好者在夏天用他们的天文望远镜。不言而喻，我看到的景象是惊人的：金星、土星、木星、火星、北斗七星和北极星全都清晰可见。很多人事先警告过我，如此浩大的天空全景图，会让人意识到自己的微不足道，甚至质疑存在的意义。要是年轻的时候，我肯定会这么想。但出乎意料，我并没有被自己的无足轻重感淹没，反而感觉到从未有过的解脱。毕竟，越是微不足道，犯的错影响也就越小，不是吗？

这就是变老带来的好处：我们逐渐意识到，除非发生真正的灾难，否则大多数错误是可以被改正的，大多数蠢行是可以被纠正的，大多数尴尬是可以消除的。但是请注意，体重增加可能是年纪渐大必然的结果，智慧可不是。智慧必须自己寻求、培养和领悟。我也遇到过很多愚蠢的老年人，徒然长了很多的老年斑，却没有增长一点儿智慧。当然，为了保持旺盛的求知欲、增长智慧，即使付出腰围渐宽的代价，也还是值得的。

作为一个收藏爱好者，我收藏过邮票、鹅卵石、贝壳、复古串珠钱包、活字印刷品和旋转陀螺，我对每样东西的热情都如水中花镜中月，很快高涨又很快消退。只有一样东西没有变，那就是书。我有很多很多的书，堆在办公桌、窗台和茶几上，以至于经常有访客问我是不是要搬家，他们以为我把书堆起来是为了等搬家公司。耶鲁大学的研究人员发现，每天读书30分钟能让我们更长寿。没想到书不仅让我们这些藏书家痴迷，还能延长我们的寿命。因此，多读书是我的第一也是最重要的智慧。除了书，我对收藏东西的兴趣越来越小，我现在更喜欢收藏想法。智慧是好奇心的产物，它守护我们，保护我们，启发我们，安慰我们。如果我只能挑出我的智库中6个最富有智慧的看法，那应该是：

1. 出现问题时不要气馁，只需调整计划。有点儿幽默感，其他人都会被你的镇定折服。作为一名电台节目主持人，我收到过的最热情的来信是我直播的时候从车顶上掉下来那次。那是英法海底隧道第一列火车通车的报道，我想找到一个最佳视角，可是一阵狂风吹过来，我大叫一声，手里的剧本吹得满天都是，人已经在地上了。听众们知道我不仅没有抱怨，还报之以大笑，都非常欣赏。

2. 善良、礼貌和同情心被大大低估了。事实上，它们是人类最重要的三种品质。我把诗人艾米莉·狄金森的诗背了下来，作为一种“权宜之道”：

我没有时间愤世嫉俗，因为
我终会化为一抔黄土，
而生命并非如此宽裕，
能让我消弭敌意。

我也没时间去爱，然而
既然要爱就必须少一点儿懈怠，
我想为爱付出的那些辛苦
已是我所能承受的全部桎梏。

3. 不要因为善良、礼貌和同情心就让自己忍受粗鲁、不公正和傲慢。

4. 感到悲伤时，试着做点什么。做水果派，织毛衣，准备一顿野餐（口袋里放个苹果和奶酪也行）；或者种点什么，即使只是把一粒种子种下去。秘诀就是，创造出一些之前不存在的东西。面对生活偶尔的无意义，这是一种舒缓的反击。

5. 可以参加一些有益的抗议活动。就算你改变不了世界，也会喜欢写出自己的标语，这种锻炼有好处。

6. 脑子里有疑问的时候，泡一杯茶——喝茶总是有帮助的。

昨天深夜，我从法国南部回来，打开卧室窗户，把头探进黑夜里。夜空中有我在那个多风的高原上的望远镜里看到的星体。我已经移动了1255公里，而这些星体却还在那里，这个发现让人雀跃。不管我们如何努力，生活中的某些困惑和难题终究无法改变，但想到这些永恒的星体，多少让人有些安慰。当然，生活既不是一个问题，也没有最终答案。重点是，你只需要后天的智慧来意识到这一点。据说，伟大的现代主义作家格特鲁德·斯坦因（Gertrude Stein）和她那谦虚的伴侣爱丽丝·B.托克拉斯（Alice B. Toklas）之间有过一次交流，她们谈到了时间流逝传达的智慧。斯坦因讲到死亡，两位女士之间的对话是这样的：

爱丽丝：格特鲁德，答案是什么？
格特鲁德：啊……那取决于问题是什么。

我年轻的时候急于找到所有的答案。就像爱丽丝·B.托克拉斯。而现在的我，更感兴趣的是探寻而不是答案，我已经变成了格特鲁德·斯坦因。这非常令人欣慰。

thirteen

13

荒野

保护
苏格兰高地

文字
Laura Fowler

摄影
Richard Gaston

凯尔小屋（Kyle House）

凯尔小屋在一座小山的山顶上，从外面看像个不起眼的石头房子。只有那些平板玻璃窗，好像有灵魂的眼睛，暗示着里面实为现代杰作。这栋房子以前是间熏肉房，如今成了丹麦极简主义的实验之作。房子采用天然材料的抛光板岩、水泥和榫卯装置，背墙很薄，同时还确保从屋子里的每一个角落，无论是床、独立式浴缸，还是壁炉旁的皮革靠椅，都能看到外面的风景，这便是整栋房子的精华所在。空气中依然留着淡淡的烟熏味，给这个空间增加了一种深沉的静谧之感。

13

荒野

保护苏格兰高地

蓝黑色的云团从群山后面滚滚而来，雨水洒落，世界瞬间像幅美丽的水彩画。湖水波光粼粼，如水银般映射出天空，仿佛云层连同紫色山丘一起被捕获、封进了湖水里。突然，闪过一抹红褐色，是一只马鹿，它瞪大眼睛盯着蕨菜，然后就消失了。苏格兰高地是英国最后的荒野，广阔而壮观，原始而质朴。这片区域非常美丽，然而美丽在广袤的大自然面前几乎有点儿无聊。一切都是伟大而狂野的虚空。

这块土地目之所及之处，都属于一个人——安德斯·霍尔奇·波维森（Anders Holch Povlsen），丹麦亿万富翁和慈善家。他非常热爱苏格兰，将11个高地庄园、总面积约89000公顷的地区都买了下来。这样做不是要成为苏格兰最大的地主（他目前排在第二，仅次于巴克卢公爵），而是为了保护这块土地，让其休养生息，恢复生态潜力。这只是伟大的200年荒野计划的一部分。

与波维森一起推动这一计划的是苏格兰高地保护区和林业主管托马斯·麦克唐奈（Thomas MacDonell）。"我们要先开始恢复这里的生态。"麦克唐奈带着我们参观苏格兰北部海岸萨瑟兰（Sutherland）的金洛克庄园（Kinloch Estate）时，向我们介绍道。曾几何时，这里都是树，后来陆续被砍伐用于木材销售，或者为农田腾出空间。他带我们看了一些人类干预之前的证据，一个生长了2000年的松树根，埋在泥炭里。仅剩的几棵白桦树在巨石林立的荒野上，因地形保护而存活了下来。"恢复动植物栖息地能改善生态系统，而树林是其中的重要组成部分。这里并不是只有金雀花和石南花这些植物，而是应该有丰富的物种，包括桦树以及河岸林地。"他指着远处流淌的河流说，"那条河的上游是大西洋鲑鱼的产卵地。但每年返回大海的鱼越来越少。如果全球变暖，气温再升高1°，大西洋的鲑鱼就要灭绝了。"炎热的夏天让河水温度升高，如果有河岸林地遮蔽河流，就能保持水温凉爽。"狼和猞猁需要树木做隐蔽来跟踪鹿群。但因为没有树，它们已经消失很久了。没有了天敌，其他物种日子很好过，鹿的数量非常多，植物的幼苗全都被它们吃光了。"

波维森在麦克唐奈身上看到了苏格兰人保护自然的决心。我眼前的这片松树林，用我没有经验的眼睛看，是一片美丽的自然风景。但麦克唐奈摇摇头。"商业林。"他指着整齐的树木说道。自然林不会这么整齐。"大自然更擅长环境设计，比我们高明多了。我们正努力与大自然和谐相处，尽量减少人工干预。我们希望它按自己的方式，自然地新陈代谢，恢复往日的辉煌。"

过去三年里，保护区已经在萨瑟兰捕杀了大约2000只鹿，以保护幼苗生长，必要时还要补种一些种子。下一步需要的是老人般的耐心，等待。要等待200年，让阳光雨露帮助它们成长，当然，主要靠的是雨。麦克唐奈和波维森，甚至他们的孩子都看不到那一天。"这是一个时间跨度很大的工程，"麦克唐奈说，"自然是苏格兰最大的资产，它不属于我们，我们只是托管人，为未来照料它。我们尽其所能，对自己和未来负责，时间会证明一切。"

在凯恩戈姆斯（Cairngorms）的格伦·费希（Glen Feshie）峡谷庄园，恢复工作已经进行了15年，效果显著。在萨瑟兰，本地物种已经开始回归。桦树、柳树和桤木长得比石南还高。各种野花、洋地黄和香杨梅正在盛开，夏天当你走过桃金娘时，可以闻到一股香味，红雀沿着小路飞奔而过。过50年这里就会大变样。"我们希望这个泥炭区里会有很多林带，"麦克唐奈说，"森林里真正的雕塑家——鹿，将继续在这里繁衍生息。野猫、黑松鸡和红松鼠会回来。还有青蛙、田鼠、松节燕和猫头鹰……所有生物都是新增林地的受益者。"

尽管拥有几乎无限的可支配收入，保护苏格兰高地仍是一个极其昂贵的项目。金洛克猎场的经理休·蒙哥马利（Hugh Montgomery）将其描述为"站在冷水浴中，不断地撕掉50英镑面值的钞票"。想要这片高地有美好的未来，必须坚持可持续发展。最后大家一致认为，生态旅游是一条出路。以前，游客来到这里是为了狩猎、射击和钓鱼。现在，这片荒野旨在吸引富有的游客前来度假避世。

波维森的妻子安妮（Anne）和室内设计师露丝·克莱默（Ruth Kramer）正在用极高的标准和品味恢复这里的旧木屋，她们给这种新风格起了个名字，叫"斯堪–苏格兰风"（Scandi-Scot）。

这里原本是一片森林，后来被砍伐用于木材业和农业。

林地是恢复生态系统的重要组成部分。然而荒野上不会种植树木，保护区更倾向于将人工干预降到最低，让土地自然恢复美丽。

2016年，凯恩戈姆斯开了一家只有四个房间的酒店可丽可猎（Killiehuntly）。在萨瑟兰之后，金洛克落成，这是一家美丽的酒店，有7间卧室，供一家人独家租用。他们用灰色取代格子呢，用丹麦家具取代潮湿的双层床，用当代艺术品取代打猎的行头，还有很多细节，比如衣帽间里的费尔岛家居针织用品。金洛克附近是只有一个房间的凯尔小屋，2018年夏季开业。即将陆续开业的还有兰迪斯（Lundies）酒店，以前是唐古（Tongue）牧师的房子，现在是家提供早餐的经济型酒店，面向自行车旅行者和沿北海岸800公里自驾游的游客；希望客栈（Hope Lodge）是一家典雅的维多利亚式酒店，俯瞰希望湖。他们还计划在埃里博尔湖（Loch Eriboll）中的荒岛上开一家埃里博尔客栈（Eriboll Lodge）。最终，整个荒原上将有50个房间的载客量，足以稳定地为当地人提供就业机会，有一天也许还能实现盈利。

我看到还有一些人在打猎，问他们是不是来帮忙猎鹿，减少鹿的数量。“事实上我们已经不怎么猎鹿了。”蒙哥马利回答说，一边走来走去，一边处理着鹿肉和熏鲑鱼，富有感染力的笑声充溢着房间。他的迷彩服和高帮鞋有了新的用途。他们带人钓鱼，但现在钓起来的鱼要放回水里。其他游客来到荒野徒步，乘船，在甘甜的河水里游泳，在冰冷的泥炭沼泽里滚得浑身是泥，或在兔岛的白色沙滩上看海。“现在这里感觉就像是巴哈马群岛。”克莱默说。

有些人来到这里，什么也不干，就是为了逃离。这里就有一个世界尽头，何必去巴塔哥尼亚或蒙古？“最初大部分人只是想放松一下，”麦克唐奈说，“然后这个地方以一种有趣的方式吸引了你，你就陷入了孤独，不想出来了。”

这里的仲夏很神奇，光永远不会消失。即使在午夜，山的剪影也会被黑色的夜空映衬出来。一切都很平静、安然。天上是一轮明月，下面是淙淙河水，这种孤独很打动人，你会心跳减慢。在这个一切都不确定的世界上，至少这片土地的未来是可以确定的。它将是一片真正的荒野，随着时间的推移，只会变得更加原始和美丽，只要阳光还在照耀，风还在吹，雨还在下。

wildland.org

晚上

28.5 吊灯

Bocci

摄影：Ash James

我在缅因州的一个小镇长大，那里冬天漫长灰暗，夏天丰富多彩。我父亲和他的第二任妻子喜欢享受美好时光。他们去高档餐厅吃饭，经常举办和参加鸡尾酒派对。在楠塔基特岛的度假屋里，总是有留宿的朋友。我小时候，屋子里永远有冰啤酒、葡萄酒，冰箱里永远有香槟；老有人大呼小叫，我和弟弟总是在上床睡觉以后，还听到餐厅里热热闹闹，里面掺杂着洗碗和大笑的声音。人们总是大声笑闹，我的记忆中满是兴奋的红脸庞，古铜色的胳膊搂着朋友的肩膀。我记得父亲热烈的拥抱和他嘴里淡淡的甜酒的香味。我感受到爱的能量。所以从10岁还是11岁开始，我就知道我以后肯定爱喝酒。

我第一次醉酒是在高中舞会上，坐在树林里的汽车车灯前面。那年我15岁，我现在还记得喝了几口啤酒后那种快乐的感觉。我接着喝，第二听还是第三听下去后，一种陌生的自由感出现了。所有的限制都消失了，那个害羞、容易受惊的男孩，面对生活疲惫不堪的男孩，消失了。浪漫在我的血管中跳动。这个世界以一种我从来不知道的方式呈现：说话声音更响亮，音乐更触动心灵。我没有了时间感和空间感，自由地狂想，大笑不止。这是一种精神体验，接近幸福、接近上帝的体验。那天晚上，回到体育馆后，那种感觉就消失了，我又跌落到了平凡世界，回到平淡无奇的那个我。那种失落感是毁灭性的，要把那感觉找回来，只能通过继续喝酒。所以我跟一群不认识的人接着喝。我变成了一个酒鬼，在17岁之前，我每个礼拜都会喝断片儿。

散 文

写 作

我 的 自 我 清 洁 法

文字

Sean Hotchkiss

如果你像我这样学会了喝酒，你就会像一个不停奔赴战场的牺牲品，英勇地一醉再醉，几乎没有生还的可能。和大多数人一样，我刚开始喝酒的时候也没想那么多。多少个星期一早上，我在走廊里跟人快乐地回忆刚结束的周末派对。多少个午夜，我开车在镇上兜风，偶尔还会和当地警察擦身而过。所有这一切都只是一个个的“里程碑”，说明我正走在成长的道路上，经历少年必经的叛逆期。如今我已经成年，我活了下来。

高中毕业后，我因破坏财产而被逮捕过，被处以缓刑。还有几次被警察拦下，查酒驾。我居然没被抓住过，正如传奇的酒鬼歌手范·桑兹（Wan Zandt）唱过的那样：“我想是出于善意。”每次那些愤怒的警察都会放我一马。一个秋天的夜晚，我发现自己在一个牧场里醒来，我就坐在妈妈的车里，发动机还在运转，而我完全不记得自己怎么到的那里。

我变成了另一个人，先是我父母觉得我变了，然后连我自己也不认识自己了。我过着双重生活，偷偷摸摸出门，偷偷摸摸回家。镇上的家长都知道我是个坏孩子，不让他们的女儿跟我交往。当然，这起到了相反的作用。酒精为我赢得了与女孩约会的早期经验，加速了与兄弟们的情谊。它让我不再羞怯，变得性格开朗，并因此发生了很多故事。我为此不惜代价。

上大学时，我已经是个职业酒鬼。在纽约西部的小校园里，我每次出门都可能变成一场与酒精的战争。有一年春假，在牙买加，我差点被拉斯塔法里教徒给一枪崩了。我经常旷课，彻夜不归，在酒吧和台球厅里买醉。最后，我成了我最不想成为的人。大学毕业后，我没有任何的改进，经常在格林威治大厦整瓶整瓶喝红酒，去曼哈顿俱乐部里用龙舌兰把自己灌醉。

27岁那年，我进入当时正蓬勃发展的杂志出版业，经常去意大利和法国出差，报道时装秀，采访著名设计师。我的故事写得好，名气越来越大，我遇到了各种时尚名人，出席各种场合，到处是毒品和性。我过着纸醉金迷的生活。在一个特殊的新闻发布会上，我从米兰坐私人飞机去阿姆斯特丹，参加一个周末派对，人人喝得烂醉。还有一次，我瞎搞到最后，发现自己跟两个女人躺在床上，她们都是我要采访的一家公司的员工。

这些烂事成了我的资历。我在酒吧里讲，每次都能迎来一阵惊叹。有时候，还会有熟人要求“点播”。“给我们讲讲你那次在奥斯汀的墨西哥饼餐车上发生的故事。你喝得不省人事，说上帝在折磨你。”醉酒生涯成了我的资本，我成了一个传奇。我开始膨胀，喝多了以后的各种表演成了我的个性，我觉得自己是个人物。有一阵子，我膨胀到觉得自己是海明威或亨特·汤普森。在一个流行怪异的时代，奇怪的就是时髦的。温和、诚实的人都被看成傻瓜。然后，我遇到一个漂亮的姑娘，为她疯狂，那阵子的生活很美好。我们有朋友，社交频繁。父亲去世后，我继承了一笔财产，在哈得孙河谷买了座度假小屋。在那栋房子里，我过上了小时候我父母过的那种生活，整天热热闹闹，吵吵嚷嚷。作为主人，我成了更有名的传奇。我彻底不知道自己是谁了。

终于算总账的日子无情地到来了。我们的感情走到了尽头，以往用享乐来逃避的方法失灵了，我感觉到巨大的空虚。我无法用喝酒来逃避，无法将失恋渲染成浪漫的悲剧来麻痹自己，我也不想这么做。这些都没有意义。在威廉斯堡大桥下的小卧室里，我夜夜失眠。夜以继日，听着卡车在外面的隆隆声，我伤心欲绝。分手的痛苦变成了一口深井，我经常从失去亲人的生动梦境中哭醒，无法呼吸，哽咽哭泣。我哭到睡着，醒来又哭，完全控制不了自己，我用泪水涤荡罪恶的灵魂。

我亲手创造的关于自己的神话正在消亡。随着幻象的消失，我觉得自己完全暴露在大庭广众之下。白天，我赤裸着走过这座城市，看起来是个男人；夜晚，就变回了那个迷失自我的小男孩，重温过去的痛苦。走出公寓需要巨大的勇气，我每天都要挣扎到下午，天快黑了，饥饿战胜了恐惧，才能出门。一天晚上，我在家附近的布鲁克林乱逛，走进一家药店，买了一个黑色笔记本。买那个本子全凭直觉，有什么东西指引着我。我把本子带回家，开始写作。我用日记来记录自己的悲伤，完全随心所欲，不讲究结构。这是第一次，我允许自己的感觉、言语、记忆和情绪喷涌而出。

随着写作越来越顺畅，有些问题越来越清楚，我酗酒主要是为了逃避父母离婚后被遗弃的感觉。这种感觉在父亲自杀以后中断了。这叠加的痛苦，需要更多的酒精才能继续麻醉下去。用那些传奇故事构建的自我形象，给了我缓冲的机会。现在，我无处可藏，只能不停地写。

所有的感觉都写出来以后，我好多了。多年的心理治疗让我明白，将一个人压抑的感觉表达出来，它们就失去了能量。所以我用写作消解痛苦，曾经无法面对的秘密往事变成了纸上的事实。这些事实不是不可能面对，一次又一次表达出来，它们就变得可以处理了。我们要把需要完成的事写成清单，写下来，就是开始行动的证明。

我在杂志上写的文章，几乎在不知不觉之间也开始成了我的心理疗愈。那篇关于加利福尼亚大苏尔的文章，某种意义上是给前女友的告别信。写文章变成了驱心魔的过程，我越来越轻松。多年来写作一直是我的职业，有时让我快乐，有时给我压力，如今它又增加了巨大的疗愈功能。大苏尔的故事，是我第一篇提到这几年进行心理治疗的文章，读者反应非常好。我知道，如果继续分享自己的故事，疗愈的效果会更大。

在接下来的三年里，我开始审视生活的每个角落，写下自己的发现和感受。我花了一年的时间，探究父亲自杀对我的影响，写下了几百页记录。在编辑的帮助下，我在《智族》杂志上发表了一篇发人深省的文章，读者的反响同样非常热烈。文章发表后我收到了数百封电子邮件，许多人分享他们酗酒和迷失的故事。通过写作来净化自己成了我的一种爱好，日记本越攒越多，变化越来越明显，我走在了疗愈的路上。对生命的探寻成了我的灵感，它有无限的潜力，让我面对真相，发现真实的自己。

慢慢地，内心生活通过写作转变时，我的外在生活也开始发生变化。一直以来困扰我的耻辱感消失了。我敢于诚实地暴露自己，跟朋友的交流越来越深入，感到从未有过的乐观。我接受了自己的变化，生活在我面前展开新的画卷。2016年春天，我在杂志上发表了一篇文章，讲我莫名其妙想要搬到洛杉矶。很显然，从那时候我已经做了决定。我很快就搬家了。

一种新的力量正在驱动着我。每次我写下心中的愿望，设定一个目标，它就实现了，这太不可思议了。我写得越多，我就越如鱼得水。有一次，我正打算去缅因州，与疏远了很久的继母重新联系，就接到了去巴厘岛的任务。而我继母的儿子就住在巴厘岛。他开着摩托车带我穿越岛屿，我们回忆小时候的故事。后来在《康德纳斯特旅行者》杂志中我提到了这个故事。

与酒的斗争并没有马上停止，我常感到寂寞。最后一次喝醉，是在曼哈顿新年夜派对上，我一直喝到几天后80公里外哈得孙河谷我的小房子里。此前在一个墨西哥朋友的生日派对上，我又沉沦了，并撞坏了一辆出租车，好几天没有睡觉。还有一次在一个送别派对上，我抓住麦克风，对着人群怪声怪气地表演了一番大卫·伯恩的模仿秀《停止创造意义》，眼睛都快鼓出来了。

然而，上天对这一切自有安排。在搬到洛杉矶不久后，我和一个老朋友吃了顿便饭，又喝醉了。这次真的够了。那天早上，我坐下来，从宿醉的迷糊中挣扎着，开始写故事。那是我的第一本书。在书中，一个20多岁的纽约年轻人经历了情感、道德和其他种种起起伏伏以后，终于戒了酒。一直到快写完，我都没有意识到，我写的是自己与自己的战争的故事。

从那以后，我就成了一个全新的人。

fourteen

14

披 肩

围巾

静物

摄影

Rich Stapleton

造型

Sam Logan

灯光助理

Terry Graham

造型助理

Emily Bulford

出品

Sarah Laird & Good Company

←

从左开始

黄色羊绒围巾 William & Son

Cervelt 围巾 Connolly

↑

从左开始

绿色狮纹流苏围巾 William & Son

手绘羊驼围巾 Stephan Janson from Mouki Mou

→

从左开始

Etole 红白格子流苏羊绒围巾 Hermès

Svend Bayer 的粗陶罐 David Mellor

波尔卡犬牙圆点花纹羊绒围巾 Loewe

← 桌面

天然羊绒罩 Connolly

从左开始

渐变羊绒围巾 Begg & Co

鹿角绿松石漆镇纸 Hermès

↑ 从左开始

灰色纹理瓶子 Jono Smart

索尼娅石板灰羊绒围巾 Oyuna

小浅盘 K.H.Würtz from Mouki Mou

fifteen

15

描述
空间

宁静酒店

文字

Ruth Ainsworth

摄影

Rich Stapleton

描述空间

宁静酒店

“我是在科莫长大成人并且进入职业生涯的，”米兰设计师帕特里夏·厄基奥拉（Patricia Urquiola）充满感情地说，“那里有强烈的文化认同感和丰富复杂的历史。我在迈阿密的一次演讲后，路易斯的父母向我介绍了宁静酒店项目，一切都发生得很自然。”家族企业宁静酒店（Il Sereno）集团的老板路易斯·孔特雷拉斯（Luis Contreras）告诉我们厄基奥拉喜欢惊喜，而科莫湖（Lake Como）上这家拥有30间套房的酒店，正是由一系列惊喜促成的。两个人妙语连珠，英语里夹着意大利语，在轻松愉快的气氛中谈到他们的友谊和对这个项目的热爱。

孔特雷拉斯喜欢户外活动，他跟妻子和孩子们搬到了米兰。“他成了米兰人！”厄基奥拉大叫，他们俩都笑了起来。宁静酒店是70年来第一座位于科莫湖的新酒店。它打破常规，但并没有改变设计的本意。这家获得气候之家能效认证的酒店于2016年开业，模仿意大利20世纪30年代的理性主义建筑建造。酒店建于湖中间，能够在地区规划如此严格的地区得到建筑许可，归功于这里最重要的资产——科莫湖本身。厄基奥拉对内部和外部的设计进行总体把关，以保证酒店的整体感不被破坏。她的设计对自然环境的要求极其敏感。

孔特雷拉斯和厄基奥拉对该项目的态度极其认真，他们甚至连客人走进酒店的速度和他们的观感都考虑了进去。“花园的小路是从第一次来这里的人的角度设计的，”厄基奥拉解释说，“我们没有采用最方便的路径，因为空间本身也是一种表达。”曲径通幽的花园小路由法比·奥波拉诺（Fabio Pollano）和帕特里克·布兰尼（Patrick Blane）设计，通过一条浮在水上的石板路，穿过一道高墙才能看见湖。客人只有通过低调的黑色大门进入大堂，才能看到阿尔卑斯山脉环抱的科莫湖。“我们一致同意，酒店里不挂任何画，因为我们有湖。”孔特雷拉斯说，“豪华酒店往往要搞得特别夸张，但科莫湖有一种低调的美，我希望宁静酒店能够反映这一点。对我而言，奢侈不是一种审美。相反，它会降低人们对环境的注意。”

酒店的每一个细节都体现了湖的影响。每张床都朝向窗户，模仿自然元素的提花床头是厄基奥拉设计的。酒店里充分利用当地设计家的作品，除了床头，其他大多数家具也都是本地生产的。浴室位于房间后面，由白色岩石制成，纹理清晰可见，好像从房子后面的岩石中露出来的一样。在傍晚的灯光下，绿色伦巴第石建造的无边泳池与外面深绿色的湖水交相辉映。

从外面看，宁静酒店很不起眼。木质百叶窗的阴影在墙上移动，投射在酒店原址的石头上。“客人白天拉开百叶窗，也为外墙带来了自然变化。”厄基奥拉解释说。灵感来自科莫的理性主义标志性建筑特拉尼宫（Casa del Fascio），它的窗户位于宽敞的露台或凉廊后面。尽管后面的建筑完全反光，外立面还是呈现多孔膜的效果。“这是一座开放式建筑，而不是一个封闭的盒子。”厄基奥拉热情洋溢地说。“凉廊的建筑结构非常温和。”在酒店的每个房间都能看到大幅湖景。厄基奥拉说她选择的色系是“不染色”色系，说完她自己都笑了。她解释说这样的内饰配色完全融入环境。“路易斯和他的家人给了我完全的自由，我脑子里只有岩石、天空和树木的颜色。”

与水的亲近是这个项目无处不在的特征。“我很幸运能和路易斯这么好奇的人合作，”厄基奥拉说，“他来到这儿做的第一件事是买了一条小船，我们天天在湖里划船，到处看，拜访邻居。”后来，路易斯还从埃内斯托里瓦（Ernesto Riva）船厂定做了三艘船，供客人使用。

“里瓦（Riva）家族从18世纪就在科莫湖造船了，”他说，“我们怎么能放过让他们为我们造船的机会？”孔特雷拉斯的另一个意外发现，是湖中的普林尼亚娜别墅（Villa Pliniana）。这座16世纪的宫殿坐落在占地7公顷的庄园里，根据珀西·雪莱的记载，拜伦勋爵和拿破仑等人都来过这里并且很喜欢。这里以长老普林尼的名字命名，因为他是有史以来第一个描写普林尼亚娜别墅的春天的人，那是公元1世纪的事了。这栋别墅里还有一架钢琴，罗西尼在那里创作了歌剧《坦克雷迪》（*Tancredi*）。孔特雷拉斯马上意识到这个“神奇的地方”会为酒店增辉。酒店于2016年开业，宁静而现代，可容纳39位客人，保留了很多原始壁画、木制品、阳台和壁炉。里瓦船厂的小船和普林尼亚娜别墅某种程度上诗意地恢复了与科莫湖的历史联系，宁静酒店就坐落其中。

serenohotels.com

Leicestershire-London

sixteen

16

幽玄

住在京都

虹夕诺雅

文字
Libby Borton

摄影
Rich Stapleton

从渡月桥乘一艘船，在种满杜鹃花和蕨类植物的鹅卵石小路上下船。虹夕诺雅位于桂河畔，京都西部岚山起伏的绿色山丘中，远离城市喧嚣。寂静如石头上紧贴苔藓的露珠，河水缓缓流过古老的森林。

虹夕诺雅在17世纪是一个商人的宅邸，后来成了旅馆。如今，它再次被重新诠释，成为疗养度假村。装修风格为日本传统美学与现代时尚相结合，拥有25间客房，是都市人的避风港。纸拉门和榻榻米都让人感觉舒适，壁纸是手工印刷的唐纸，金色的光泽为室内增添光彩。从靠窗的座位看出去是树梢，随风舞动的树枝和飞鸟让景色变化无穷。

hoshinoya.com/kyoto

“纸拉门和榻榻米都让人感觉舒适，
壁纸是手工印刷的唐纸，金色的光泽为室内增添光彩。”

seventeen

17

威尼斯
之光辉

安缦

文字

Rosa Park

摄影

Rich Stapleton

在淤泥和沼泽地上创建一座威尼斯这样的城市，需要怎样的毅力几乎难以想象。金碧辉煌的建筑在这片绿色的水域上挺立，似乎随时要抵抗被水吞噬的命运。各种新鲜的气味在封闭的水道中游荡，让空气变得沉重。好像图书馆古老的木梁中尘封的历史和苦难，这气味里包含着深不可测的历史，它如此丰富复杂，将一切浸透其中。

小船和水上出租车沿运河行驶，身后的螺旋桨搅起阵阵水浪。我们的红漆船划到一对蓝色的柱子旁停下，这里是威尼斯安缦酒店的入口。这座16世纪的建筑也被称为帕帕多波利宫，曾是吉尔伯特·阿里瓦伯尼·瓦伦蒂·冈萨加伯爵（Count Giberto Arrivabene Valenti Gonzaga）和碧艳卡·迪·萨沃亚·奥斯塔·阿里瓦伯尼伯爵夫人（Countess Bianca di Savoia Aosta Arrivabene）的私人住宅，现在是酒店。宫殿本身富丽堂皇，但曾是伯爵一家的居所给这座建筑增添了温馨气氛。安缦标志性的极简风格并没有掩盖原有的奢华。大理石墙壁上的壁画里，五彩祥云托着飞翔的丘比特；墙壁熠熠生辉，木板显出年深日久的成色，从踢脚线到镶框的金色镜子，到处都是石膏装饰。

这里有绿树成荫的花园和宽敞的沙龙，数百年历史的木质图书馆里满是皮革装订的大部头古籍，每一本都让你雀跃欢呼。走过满是镜子的休息室，威尼斯的辉煌风格在宴会厅表现得淋漓尽致。如今它的名字是阿瓦（Arva）餐厅，水晶吊灯和彩绘天花板下供应着丰盛的美食。

我们迷失在外面狭窄的街道上——复杂的迷宫中，兴奋的感觉越发明显。溪流般的街道上，到处是传统的小酒馆，配有冰镇啤酒和金巴利酒的意大利小吃令人心怡。每条路尽头，人群消失，奇迹般地露出一座桥、一个广场或一座宏伟的教堂。我们在水上漂浮，从圣马可广场到里亚托桥。喧嚣的声音突然消失了，水的涟漪像玉色的银鱼一般滑过墙壁。那一刻的威尼斯，安静得不可思议，像一首歌曲中间的停顿。然后，一个路过的船夫用男中音唱了一曲《巴塞罗那》，将我们唤醒，那一刻消失了，街道再次喧嚣起来。

运河船（Canal Boats）

平底吊船是威尼斯的标志。它是几个世纪以来主要的交通工具。比独木舟更窄，由一个人划，如今主要用于观光或轮渡。直到19世纪，运河船轮渡还是大运河上的主要交通工具，那时候整个运河上只有一座桥。今天，有大约400艘运河船在城市水道中运行，16世纪到19世纪一度有数千艘船挤满运河。